La fiancée
de Pompéi

Annie Jay

Annie Jay est une lectrice insatiable, passionnée d'histoire. Elle rencontre un grand succès avec ses romans historiques, dans lesquels elle exprime pleinement son talent d'auteur de jeunesse.

Du même auteur :

- Complot à Versailles - Tome I
- La dame aux élixirs - Tome 2
- L'aiguille empoisonnée - Tome 3
- L'esclave de Pompéi
- À la poursuite d'Olympe
- Fantôme en héritage
- Au nom du roi - Tome I
- La vengeance de Marie - Tome 2
- L'inconnu de la Bastille
- Le trône de Cléopâtre
- La demoiselle des Lumières - Fille de Voltaire
- Le comédien de Molière

ANNIE JAY

La fiancée
de Pompéi

© Librairie Générale Française, 2013.

PERSONNAGES PRINCIPAUX

Lollia Tertullia, jeune patricienne
Mustella, son esclave et confidente
Valerius Lollius Venustus, père de Lollia, patricien
Octavia, mère de Lollia, patricienne
Zénon, pédagogue de Lollia

Kaeso Lentulus Calvus, patricien de Rome
Manius Lentulus Calvus, son frère
Quintus Appius, leur oncle, patricien et laniste
Fortunatus, Ursus, Aquila et Vindex, gladiateurs
de Quintus Appius

Sertor, affranchi d'Appius et marchand d'animaux
Burrus, ancien gladiateur, esclave de Sertor
Nicias, médecin pour animaux, esclave de Sertor

Sylvia, plébéienne, fille de Sylvius
Sylvius, plébéien, fabricant de *garum*
Pandion, esclave public, cousin de Mustella

1

Pompéi, août 79, dans un cabaret

— J'ai encore gagné ! s'écria le marin en se frottant les mains de contentement. Ton manteau est à moi !

Kaeso, son adversaire au jeu, lui lança un regard empli de détresse. Les osselets le narguaient sur la table de la taverne : quatre deux, la figure du Vautour, une des pires… Quelle poisse !

L'homme attrapa le *pallium*[1] de Kaeso, et s'en couvrit les épaules de ses doigts calleux.

— Avec ça, je ressemble à un vrai patricien[2] ! se rengorgea-t-il d'une voix avinée. Quel âge t'as ?

----

1. Sorte de manteau. Pièce de tissu rectangulaire que les Romains posaient sur leurs épaules, à la façon d'une cape, sur leur tunique ou à même la peau.
2. Personne de la noblesse.

Dix-sept ans ? Dix-huit ? T'es trop jeune pour jouer, mon gars. Allez, peut-être que la fortune te sera plus favorable un autre jour !

Et il gagna la sortie en titubant.

Kaeso le regarda s'éloigner dans la pénombre. Les lampes à huile de la taverne fumaient et rendaient l'air presque opaque. Autour de lui, les joueurs riaient, criaient, insultaient les dieux !

Le jeune homme se leva de son tabouret avec l'impression de vivre un cauchemar. Il ne possédait plus rien, il avait tout perdu. Autant rentrer à la maison.

Il sortit à son tour, désespéré. Dehors, le mont Vésuve formait encore un bloc sombre au milieu des étoiles scintillantes, mais le jour ne tarderait pas à se lever. Devant lui, tache claire sous la lune, le marin tanguait. Il lui emboîta le pas.

La grosse lanterne qui marquait l'entrée de *La Barbe de Neptune* se trouvait déjà loin lorsque l'ivrogne tourna à droite dans une ruelle.

Soudain, un bruit étrange fendit le silence de la nuit… Kaeso s'arrêta et tendit l'oreille. Ensuite, il y eut un sifflement aigu et bref…, puis un hurlement. Un hurlement atroce !

— Le marin ! s'écria-t-il en s'élançant dans l'étroit passage pour lui porter secours.

Tout d'abord, il ne distingua rien. Puis, dans la pénombre, il aperçut une silhouette sauter sur un tas de bois et s'enfuir sur le toit d'une maison basse. En un instant, elle s'évapora, tel un fantôme, dans un cliquetis de tuiles d'argile.

La ruelle était déserte. Son adversaire s'était-il transformé en lémure[3] ? Kaeso, le cœur battant, passa aussitôt son index mouillé de salive derrière son oreille, pour conjurer le mauvais sort.

— Allons, dit-il en riant nerveusement. Les lémures ne se promènent pas dans les bas-fonds de Pompéi pour jouer aux osselets, ils ont sûrement autre chose à faire.

Il s'apprêtait à rebrousser chemin lorsqu'un mouvement attira son attention. À dix pas, un tas d'ordures venait de bouger.

Il s'en approcha avec précaution et retint un cri d'effroi. Le marin gisait au sol. Son visage semblait en bouillie, ses membres désarticulés. Le manteau blanc, couvert de sang, avait été lacéré… Kaeso sentit la nausée monter en lui. L'homme tendit vers lui une main tremblante, avant de la laisser retomber, inerte. Il était mort.

Kaeso fouilla du regard la ruelle vide. Qui avait tué le marin, si rapidement et de façon si atroce ?

— Sûrement le lémure…, balbutia-t-il. Il ne peut s'agir que d'un être surnaturel.

Une peur incontrôlable montait en lui. Le souffle bloqué, il s'éloigna du corps à reculons et regagna la

---

3. Spectre d'homme ou de femme qui a connu une mort violente, qui ne peut trouver le repos, et qui vient hanter les vivants.

rue. La lumière de *La Barbe de Neptune* lui apparut enfin au loin, lueur orangée dans la nuit, rassurante. Il en soupira de soulagement.

Mais un nouveau bruit, tout proche, le fit sursauter. L'instant suivant, un violent coup s'abattait sur sa nuque. Il s'effondra sans avoir aperçu son agresseur.

— Des fêtards sortent du cabaret…, souffla une ombre dans l'obscurité. Filons !

Quelques minutes plus tard, Kaeso reprenait conscience. Une horrible migraine lui taraudait les tempes. Qui l'avait frappé ?

Trois hommes passaient non loin de lui en chantant à tue-tête. Il tenta de les appeler à l'aide, en vain. Après ce qui lui sembla une éternité, il parvint à se lever. Il s'adossa au mur d'une maison décrépite, et essaya de s'orienter.

Une grosse bosse pointait sur son crâne. Il voyait double. Il se mit pourtant en marche, titubant comme s'il était ivre.

— Le lémure…, bredouilla-t-il.

Il devait partir, vite ! Mais les forces ne tardèrent pas à lui manquer. Cent pas plus loin, il s'effondra de nouveau, inconscient.

2

Chez Valerius Lollius Venestus

Lollia s'étira en bâillant. Un rayon de soleil lui chatouilla le nez. Elle entrouvrit un œil et aperçut les guirlandes familières de fleurs peintes sur les murs rouges et noirs de sa chambre.

Une belle journée commençait. Au loin, elle entendait les bruits de la cité et les cris des commerçants. Le boulanger, qui tenait boutique au rez-de-chaussée de leur maison, s'en donnait à cœur joie :

— Pain chaud ! Tout chaud ! Tout frais !

La chambre de la jeune fille s'ouvrait sur le jardin, au premier étage. Pourtant, elle avait parfois l'impression de vivre dans la rue. Pourquoi fallait-il que le boulanger braille si fort ? Il n'en avait nul besoin, son pain embaumait et faisait saliver d'envie.

Mais, c'était ça Pompéi : des bruits, des odeurs, du soleil… Du bonheur ! Oui, du bonheur !

— Enfin réveillée ! lança la voix impatiente de Mustella[1]. Il est tard, maîtresse, ton pédagogue t'attend. Tu dois te lever.

L'esclave vint s'asseoir sans façon au pied du lit. Sa chevelure rousse et crépue était attachée en queue-de-cheval et elle portait aux oreilles de grands anneaux de bois doré dont Lollia lui avait fait cadeau.

— Laisse-moi tranquille ! répondit cette dernière en se retournant sur le ventre avec un soupir de bien-être. Dis à Zénon que je ne prends pas de leçons aujourd'hui.

— Ton père veut que tu deviennes savante. C'est pour ça qu'il a dépensé dix mille sesterces pour acheter un professeur grec. Si tu traînes au lit, tu resteras stupide.

— Va-t'en, insolente, ou je te vends !

Le visage long et doré de Mustella se fendit d'un large sourire aux dents écartées. Presque chaque matin, elle entendait ces mêmes mots, et voilà bien longtemps que cette menace ne lui faisait plus peur.

— C'est au moins la quinzième fois que tu me le promets depuis le début du mois, plaisanta-t-elle. Eh bien, vends-moi donc ! Mais qui devra supporter ton mauvais caractère et tes caprices ? Moi, j'en ai l'habitude, alors autant me garder.

1. Fouine, ou belette, en latin.

Sa maîtresse ne répondit pas. Elle souriait. Ses beaux yeux noisette étaient entrouverts et une fossette se dessinait sur la peau mate de sa joue. Mustella secoua son pied :

— J'ai une grande nouvelle à t'apprendre.

— M'en fiche... Sors !

— Une grande nouvelle qui te concerne. Ton père va te marier.

Lollia se souleva aussitôt sur les coudes, se retourna et, à genoux sur le lit, fit face à son esclave :

— Que dis-tu ?

La gaieté s'était effacée de son visage. Elle s'assit, sa tunique glissant sur son épaule nue. Ses longs cheveux bruns lui tombèrent sur les yeux. Elle les repoussa dans son dos d'un geste nerveux.

— Qui te l'a raconté ? s'inquiéta-t-elle.

— Les esclaves savent tout, répliqua Mustella avec une moue satisfaite. Ton père en a parlé à ta mère. Un serviteur l'a entendu. Il paraît que ton fiancé est jeune, beau et très riche. Tu as beaucoup de chance.

Mais Lollia se leva d'un bond. Elle se tenait le visage à deux mains d'un air effrayé. Visiblement, cette nouvelle ne l'enchantait pas. Mustella reprit :

— Tu as treize ans et demi, maîtresse, tu es en âge de te marier. Il est normal que ton père pense à te trouver un bon parti. Et celui-là est jeune, beau et riche... Tu ne vas pas te plaindre !

Lollia chercha dans sa mémoire. Jeune, beau et riche ? Elle ne connaissait aucun Pompéien possédant ces trois qualités à la fois.

— Son nom ! Vite !

Mustella se leva lentement. Elle aurait dû se taire, réalisa-t-elle. Ce n'était pas à elle, une servante de quatorze ans, de dévoiler un secret familial aussi important. Trop tard, maintenant elle devait tout raconter. Elle lissa sa tunique blanche rayée de jaune et se lança :

— Il s'agit d'un certain Kaeso, d'une très honorable *gens*[2] de Rome. Je n'en sais pas plus, à part qu'il est orphelin et qu'Appius est son tuteur.

— Quintus Appius ? Celui qui dirige une école de gladiateurs ? s'étonna Lollia.

Mustella baissa la tête. Elle avait rendu sa maîtresse malheureuse et s'en voulait. Elle insista d'une petite voix :

— Mais puisque ton fiancé est jeune, beau et riche. Tu devrais en être heureuse.

Lollia lui rit au nez !

— As-tu vu mes deux sœurs aînées ? Cela fait tout juste trois ans que Lollia Maior a épousé ce chevalier de Nuceria. Ah ça, son époux est riche et il a de nobles origines ! N'empêche qu'il l'a envoyée vivre seule à la campagne ! Elle parle de divorcer, à dix-sept ans à peine. Quant à Lollia Secunda, elle est partie à Rome voilà deux ans. Son mari la délaisse déjà pour des esclaves qu'il couvre de cadeaux ! Elle pleure tout le jour !

---

2. Famille au sens large. La *gens* est l'ensemble des personnes portant le même nom et descendant d'un même ancêtre. S'y ajoutent les affranchis et les serviteurs.

— Toi, tu es Lollia Tertullia[3] et tu as du caractère, pas comme tes deux sœurs, tenta Mustella. Tu sauras te faire respecter.

La jeune fille poussa un soupir à fendre l'âme, puis elle ordonna à la servante :

— Mes vêtements, vite ! Je vais voir mon père.

— Et le pédagogue ?

— Crois-tu que j'ai le cœur à apprendre quoi que ce soit ? Que Zénon retourne au quartier des esclaves[4]. Dis-lui qu'il est libre. Seulement pour la journée, bien sûr.

3. Les filles portaient le nom de famille de leur père au féminin. Lorsqu'il y avait plusieurs filles, on leur donnait un surnom ou un numéro. Ainsi, chez les Lollii, Maior est l'aînée, Secunda, la seconde, et Tertullia, « la petite troisième ».
4. Partie de la maison réservée aux esclaves, comportant des dortoirs et des salles communes.

3

Comme chaque matin, le vestibule de la maison était encombré par toutes sortes de quémandeurs qui attendaient d'être reçus.

Valerius Lollius Venustus[1], le père de Lollia, était un homme aussi important qu'occupé. Il appartenait aux cent familles les plus influentes de Pompéi, ce qui lui permettait de siéger au sénat local. Mais cette position considérable ne lui suffisait pas. Il rêvait de devenir édile[2], en remportant les élections qui auraient lieu dans sept mois.

---

1. Les hommes libres romains possédaient deux ou trois noms, composés d'un prénom et du nom de leur famille au masculin, parfois suivi d'un surnom. On appelait un homme indifféremment par son mon, son surnom, ou les deux. Ici, Valerius est le prénom, Lollius le nom de famille et Venustus, le surnom, signifie « l'Élégant ».

2. Magistrat élu par les citoyens pour un an qui s'occupait

— Je dois parler à mon père tout de suite ! lança Lollia au serviteur qui gardait la porte du petit bureau.

L'esclave lui sourit malgré l'ordre sec. Narcisse l'avait vue naître. Il chérissait Lollia comme sa propre fille.

— Impossible, maîtresse, répondit-il. Le seigneur Lollius est en grande conversation avec un de ses plus fidèles « clients »[3], je ne peux pas les déranger.

Maudits clients ! pesta-t-elle intérieurement. Elle regarda la dizaine d'hommes en rang dans le vestibule. Il y en avait sûrement autant dehors, dans la rue.

La plupart venaient réclamer de l'argent, en échange de quoi, ils mettraient tout en œuvre, chacun selon ses compétences, pour que leur « patron » remporte les élections. Le défilé continuerait pendant au moins une bonne heure !

— Va voir dame Octavia, conseilla Mustella dans son dos. Elle est encore à sa toilette, mais…

Lollia n'entendit pas la fin de la phrase, elle était déjà partie. Sa mère se trouvait, en effet, dans sa chambre, entre les mains de son *ornatrix*, sa coiffeuse. Assise sur un confortable siège d'osier, elle se tenait

---

de l'organisation de la voirie, de l'approvisionnement de la cité, des jeux et de la police. Équivalent de notre maire.

3. Le mot « client » n'avait pas le même sens qu'aujourd'hui. Il vient du latin *cliere* qui signifie « obéir ». Les clients étaient des hommes libres qui obéissaient à un « patron ». En échange, le patricien leur devait assistance et protection. Le client escortait son patron dans ses déplacements publics, le soutenait et votait pour lui.

raide, la tête droite. À côté d'elle, le plateau de marbre d'une table était encombré de pots de maquillage, de bijoux, d'épingles et d'un petit réchaud contenant des braises.

Lollia regarda l'esclave entourer une mèche de cheveux bruns sur un fer chauffé.

— Mère, il faut que je te parle.

Octavia tourna les yeux vers sa fille. Elle attendit que la coiffeuse déroule sa boucle et qu'elle la fixe sur le sommet de son crâne à l'aide d'une épingle, avant de lâcher d'un air morne :

— Ne vois-tu pas que je suis occupée ? Je te croyais avec ton pédagogue.

— Est-ce vrai que vous allez me marier ?

Octavia leva un sourcil. Elle laissa l'*ornatrix* attraper une nouvelle mèche, et reconnut :

— Oui. Ton père pense que ce mariage peut être utile à sa carrière.

— Et moi, dans tout ça ?

Cette fois-ci, l'œil d'Octavia prit une lueur courroucée.

— En voilà assez ! Lollia Tertullia ! Pour qui te prends-tu pour me parler sur ce ton ?

Elle repoussa brusquement la main de la coiffeuse qui recula de quelques pas, fit une courbette et s'éclipsa.

— Je me prends pour ta troisième et dernière fille ! s'écria Lollia en croisant les bras. Les deux premières sont mariées et malheureuses. Alors, je suis inquiète pour mon propre sort !

21

Sa mère se radoucit aussitôt :

— Je reconnais que nous avons commis des erreurs en mariant tes aînées. Mais crois bien que, cette fois, nous ne nous engagerons pas à la légère. Ce Kaeso Lentulus Calvus est un excellent parti. Il est issu d'une *gens* qui compte des consuls et de nombreux sénateurs. Il va hériter d'immeubles à Rome et de terres en Campanie. Dans tout Pompéi, pas un jeune homme n'est plus digne de toi.

Lollia avait envie de protester, mais elle ne trouvait plus les mots. Comment dire non à sa mère, alors qu'elle lui dressait un portrait si flatteur de son futur époux ?

Voyant l'air perdu de sa fille, Octavia poursuivit en lui prenant la main :

— Ce garçon ne possède pas que d'illustres ancêtres. Son tuteur n'est autre que Quintus Appius.

— Celui qui dirige une école de gladiateurs.

— Oui. C'est un des plus grands lanistes[4] de la région.

— Mais, s'insurgea Lollia, les lanistes sont des gens peu honorables. Ils font commerce d'êtres humains, comme les proxénètes et les marchands d'esclaves… Ils sont méprisables !

— Ce n'est pas le cas de Quintus Appius, la reprit Octavia d'un air agacé. C'est un patricien, comme ton

---

4. Les lanistes achetaient et vendaient les gladiateurs. Ils les formaient aux combats de l'amphithéâtre, dans des écoles appelées « casernes ». Ils louaient également leurs combattants aux organisateurs de jeux.

père. Il met toute sa passion au service de l'art noble du combat, cela n'a rien de dégradant. D'ailleurs, sa fortune provient de ses terres, pas de son école. Mais, peu importe, s'énerva-t-elle en voyant la moue de sa fille. Tu sais combien les jeux sont importants. On ne peut pas gagner les élections sans offrir des spectacles fastueux au peuple… Cela coûte très cher.

Lollia hocha la tête, elle avait compris. Son père, depuis des mois, racontait qu'il allait louer des gladiateurs, acheter des lions et même un éléphant. Cela représentait des dépenses exorbitantes ! Mais, avec l'appui d'un laniste tel qu'Appius, un homme qui deviendrait par alliance un membre de sa propre famille, toutes ses ambitions politiques pouvaient se réaliser. Et sans débourser beaucoup d'argent.

— L'as-tu déjà rencontré, au moins, ce Kaeso Lentulus Calvus ? demanda Lollia.

— Non. Il ne vit à Pompéi que depuis quelques mois. Il sort peu, car il porte encore le deuil de sa mère. Mais un de nos amis l'a croisé au forum. On me l'a décrit comme un très beau garçon de dix-huit ans, un âge parfait pour prendre épouse.

Lollia amorça une nouvelle moue. Très beau ? Son surnom, « Calvus », signifiait « le chauve »[5]…

Pourquoi n'avait-elle jamais entendu parler de lui ? À Pompéi, pourtant, tout se savait très vite. Aucun

---

5. La plupart des garçons gardaient le surnom de leur père durant leur enfance, et en changeaient une fois adultes, ce qui pouvait provoquer des confusions.

ragot n'échappait aux baigneurs des thermes, pas plus qu'aux athlètes de la palestre[6] ou aux fidèles des temples ! Sans compter les matrones[7] qui jacassaient comme des pies quand elles s'invitaient les unes chez les autres.

Sa mère la serra contre elle. Ses cheveux à moitié détachés vinrent caresser sa joue.

— Nous, les femmes, expliqua Octavia d'une voix douce, sommes quantité négligeable. Crois-tu qu'on m'ait demandé mon avis lorsque ma famille m'a mariée ? Non. Mais j'ai su devenir la meilleure alliée de ton père. Et tu devras en faire autant avec le mari que nous te choisirons.

Lollia réprima un sanglot, puis elle s'enfuit en pleurant.

De retour dans sa chambre, elle se laissa tomber sur son lit d'un air abattu. Mustella la rejoignit à petits pas. La servante regarda sa jeune maîtresse qui, bras croisés, prostrée, se balançait d'avant en arrière.

— Comment faire pour échapper à ce Kaeso, répétait-elle comme une litanie. Comment faire !

— Pourquoi ne pas te renseigner sur lui ?

Mais Lollia ne lui accorda pas même un regard.

— Je n'épouserai pas ce Kaeso, continua-t-elle. Il n'est pas question que j'épouse ce Kaeso…

---

6. Terrain où l'on pratiquait des exercices physiques.
7. Femme mariée, maîtresse de maison.

— M'as-tu entendue, maîtresse ? Je te dis que tu devrais te renseigner sur lui. Peut-être découvriras-tu des informations qui obligeraient tes parents à arrêter leur projet.

Lollia sembla sortir tout à coup de sa torpeur. Elle leva vers sa servante des yeux pleins d'espoir :

— Oui, mais comment faire ?

Mustella vint s'asseoir à côté d'elle.

— T'ai-je raconté qu'un de mes cousins est esclave public au forum ? Il appartient à la garde urbaine[8]. Il s'occupe de vols et parfois de meurtres. Parle-lui. Les esclaves publics savent tout sur tout le monde dans la cité. Il pourra te dire quels sont les amis de ce Kaeso et s'il jouit d'une bonne réputation.

Lollia ne retrouva pas pour autant le sourire, mais elle se leva d'un bond :

— Voilà une excellente idée. Seulement je ne peux pas sortir sans adulte, mes parents l'interdisent. Et je dois passer la journée avec mon pédagogue.

Mustella se gratta la tête, puis elle proposa :

— Si tu acceptes, j'irai. Rufinus, l'intendant[9] de ton père me reproche de flemmarder pendant que tu prends tes leçons. J'offrirai mes services pour faire

---

8. Équivalent de notre gendarmerie. La garde urbaine, aussi appelée « cohorte urbaine » à Rome, était composée de vigiles armés en uniforme et d'esclaves publics. Elle était chargée du maintien de l'ordre et de la prévention des incendies.

9. Homme de confiance qui dirigeait la maison et les esclaves.

des courses au marché, qui se situe justement à côté du forum.

Elle gagna aussitôt la porte et ajouta :

— Je te promets de mener une enquête sérieuse. Si ce Kaeso a des choses à cacher, tu pourras sûrement éviter ce mariage.

Lollia l'arrêta avant qu'elle ne franchisse le seuil :

— Merci de m'avoir prévenue. Sans toi, mes parents m'auraient mise devant le fait accompli. Tu es une vraie…

Elle ne finit pas sa phrase, tant le mot qu'elle allait employer lui sembla choquant.

— Une amie ? termina Mustella en riant. Le prononcer te fait peur ? N'aie crainte, je sais où se trouve ma place. Une esclave ne peut pas être l'amie de sa maîtresse.

— Alors, disons que tu es la meilleure servante du monde ! conclut Lollia avec bonne humeur. Fais chercher Zénon, le pédagogue, et cours vite voir ton cousin !

4

Chez Quintus Appius

Au même instant, à l'autre bout de la cité, Manius Lentulus Calvus enfilait sa tunique. Le lit de Kaeso, son frère aîné, n'avait pas été défait.

— Pourvu qu'il rentre avant qu'on ne découvre son absence ! s'inquiéta le jeune homme.

Déjà, la maison s'activait. Dans la cour, les quatre gladiateurs préférés de Quintus Appius, son oncle, commençaient leur entraînement. On les entendait rire. À coup sûr, leur maître n'était pas avec eux, sans quoi ils se seraient tus.

Manius tourna dans la chambre minuscule. La servante qui apportait le petit déjeuner ne tarderait pas. Qu'elle remarque la disparition de Kaeso, et ce serait le début de graves ennuis. Il devait l'intercepter au bas de l'escalier et demander à être servi au jardin.

Il allait soulever la tenture qui faisait office de porte, lorsque celle-ci s'ouvrit en grand.

— Où se trouve ton frère ? clama Quintus Appius en le bousculant violemment du plat de la main.

Ses yeux bleu délavé lançaient des éclairs. Son visage devenait rouge de colère sous ses cheveux blancs.

— Je ne sais pas, mon oncle, mentit Manius. Kaeso était déjà descendu lorsque je me suis réveillé.

Bien qu'il n'ait que quinze ans, Manius était légèrement plus grand qu'Appius. Cela obligea le laniste à lever le regard, ce qui l'agaça davantage :

— Me prends-tu pour un imbécile ? Il m'a désobéi, il a passé la nuit dehors ! J'en ai assez de ses escapades ! Et plus encore de vos mensonges ! Il est parti jouer, ou voir cette fille, n'est-ce pas ?

— Comment le saurai-je ?

— L'argent lui brûle les doigts et il fréquente n'importe qui ! cracha Appius. Moi vivant, ton frère n'épousera pas cette Sylvia. Il déshonorerait nos nobles ancêtres ! Une simple fille d'artisan ! De toute façon, Sertor, mon marchand de fauves, la veut pour femme. Il n'attend plus que l'accord du père pour conclure les noces.

Puis son oncle fit brusquement demi-tour. Il dévala l'escalier en menaçant :

— Si Kaeso n'est pas à l'entraînement des gladiateurs dans une heure, je le fais fouetter !

Le jeune homme blêmit. Il passa une main crispée dans ses cheveux bruns et raides, et fulmina tout bas :

— Il faut que je le trouve, et vite.

C'était lui, le cadet, qui avait le plus la tête sur les épaules. Son aîné, un grand gaillard costaud de dix-huit ans, était en réalité un être fragile, sensible, trop sensible.

« Un poète, marmonna Manius. Un doux rêveur… Tout ce que déteste notre oncle ! Et en plus Kaeso est amoureux. »

Il soupira et descendit à son tour l'escalier.

« Il a dû aller jouer. Mais, à cette heure, les cabarets sont fermés… Il est sûrement passé ensuite chez Sylvia ! »

Après avoir scruté l'*atrium*, Manius gagna l'entrée. Un esclave et un énorme chien au collier à pointes de métal y montaient la garde. Le molosse émit un grognement qui découvrit des crocs impressionnants. Il était entraîné à poursuivre les fuyards et à leur déchiqueter les mollets. Autant dire que Manius s'en méfiait ! L'homme l'arrêta :

— T'as le droit de quitter la maison ? Le maître est au courant ?

Depuis quelque temps, l'oncle Quintus restreignait leurs sorties.

— Je vais juste me promener au forum, annonça-t-il. Demande à mon oncle, si tu tiens vraiment à le déranger. Mais je suis sûr qu'il sera d'accord.

— File, soupira le gardien.

Le soleil cueillit Manius dans la rue, chaud, rassurant. Une belle matinée commençait. Il réfléchit à peine. Sylvia vivait de l'autre côté de Pompéi, près de la porte d'Herculanum. Il y partit en courant.

Il ne vit pas Appius ordonner à un serviteur, dans l'ombre du vestibule :

— Suis-le. Je veux savoir ce qu'ils mijotent.

Manius gagna la voie de la Fortune. Il était tôt, mais les badauds et les chaises à porteurs encombraient déjà les trottoirs. Chars et voitures se taillaient un chemin à coups de claquements de rênes ou de fouet. La circulation était si dense que les pavés étaient usés, et que certaines rues étaient en sens unique ! Les cochers se disputaient en latin, en grec, en gaulois !

Une fois arrivé aux thermes[1] du forum, il se dirigea vers les remparts, s'enfonça dans un quartier populaire et hésita. Toutes ces rues étroites se ressemblaient avec leurs maisons décrépites ! Et, comme si la misère ne suffisait pas, l'air était empuanti par une forte odeur de poisson pourri. Plusieurs petits fabricants de *garum*[2] avaient installé leurs cuves dans des cours ou des entrepôts.

----

1. Établissement de bains, souvent pourvus d'une esplanade avec une piscine en plein air. Les Romains y venaient se laver, se reposer, ou faire de l'exercice. Aux thermes, on rencontrait également ses amis et on traitait ses affaires.
2. Sauce très appréciée des Romains, qui se préparait à base de chair ou de viscères de poissons fermentés dans du sel avec des épices.

À bout de souffle, Manius s'arrêta devant une habitation aux murs lézardés. Au premier étage, le volet était clos. Il se pencha et ramassa une poignée de cailloux, qu'il envoya contre le panneau de bois.

La persienne s'entrebâilla et une adolescente apparut. Qu'elle était belle avec sa chevelure d'ébène, ses yeux d'émeraudes, et son visage à la peau si blanche et aux traits si purs ! Quelle chance son frère avait d'être aimé de cette jolie fille de seize ans ! Devant son regard interrogateur, il la pressa :

— Kaeso doit rentrer tout de suite. Dis-lui de descendre !

Sylvia ouvrit la bouche d'un air offusqué avant de répondre, les joues en feu :

— Il n'est pas là ! Pour qui me prends-tu ?

Le jeune homme se mordit les lèvres. Voilà qu'il l'avait vexée ! Elle était sage et n'avait pas d'amant, pas même Kaeso. Il aurait dû s'en souvenir.

— Comme il n'est pas rentré, j'ai pensé qu'il était peut-être avec toi. Mais alors, s'inquiéta-t-il, où est mon frère ?

— Je n'en sais rien. A-t-il des problèmes ? s'alarma-t-elle à son tour. Il devait aller jouer… Attention ! Pars vite, lui ordonna-t-elle, voilà mon père !

Le volet se referma sur un claquement sec et Manius se retrouva seul.

— Bon sang ! enragea-t-il, de plus en plus anxieux. Où Kaeso a-t-il l'habitude de jouer ? À *La Barbe de Neptune* ! Peut-être y est-il encore ?

Il repartit en courant. Quelle heure pouvait-il bien être ? Qu'ils rentrent en retard et ce serait la raclée assurée. Il arrivait en vue de la taverne, lorsqu'un attroupement attira son attention.

— Pauvre garçon, disait une femme. Paraît qu'ils l'ont trouvé inanimé. Il a une belle bosse sur la tête.

— Kaeso ! s'écria Manius.

Il se précipita et bouscula les quatre ou cinq personnes qui lui cachaient le blessé. Son frère était assis sur la marche qui servait de seuil à un petit immeuble. Sonné, il se tenait la tête à deux mains. Une matrone lui tendait à boire, tandis qu'une autre lui faisait la morale :

— C'est dangereux de traîner seul la nuit, mon gars.

Mais Kaeso avait aperçu Manius. Il se leva, les jambes flageolantes, les yeux perdus. Son cadet passa aussitôt son bras sous ses épaules pour le soutenir.

— Il y avait un lémure…, expliqua Kaeso avec difficulté.

— Il a bu, persifla un homme. Il n'est pas si blessé que ça, il est surtout ivre !

Manius entraîna son frère, le portant à demi.

— Dépêchons-nous, le supplia-t-il. Sinon, ton agression sera une douce plaisanterie à côté de ce que l'oncle Quintus te réserve.

5

À la garde urbaine

Mustella découvrit son cousin Pandion dans un vieux bâtiment à arcades qui donnait sur l'esplanade du forum.

Pandion, un Grec grisonnant proche de la cinquantaine, avait été acheté par la cité voilà trente ans. Après avoir été un temps gardien au temple de Jupiter, on l'avait affecté à la garde urbaine, où il faisait merveille par ses capacités de déduction et de diplomatie.

Mustella le trouva assis devant la table où les citoyens venaient déposer leurs plaintes. Il l'embrassa affectueusement sur les deux joues :

— Tu as encore grandi. Et comme te voilà belle !

— Merci. As-tu beaucoup de travail ?

Tandis qu'elle posait son lourd panier chargé de victuailles, Pandion soupira :

— Un marin mort d'étrange façon. Un de mes collègues est parti s'en occuper. Et ensuite il y aurait un lémure qui court sur les toits…

— Un fantôme ? s'étonna la jeune fille.

— Trois citoyens jurent l'avoir aperçu. Un prêtre leur aurait été plus utile que moi ! Tu imagines bien que la garde urbaine ne pourchasse pas les lémures ! Mais, comme ils semblaient très inquiets, je leur ai conseillé de lancer des fèves noires par-dessus leur épaule. C'est souverain contre les âmes errantes. Comme tu vois, rien de passionnant. Que me vaut la joie de ta visite ?

Après que la servante eut expliqué le projet de Lollius Venustus et les craintes de Lollia, Pandion hocha la tête d'un air compréhensif :

— Si j'avais une fille, je ne voudrais pas qu'elle épouse n'importe qui. Tu me diras, si j'avais des enfants, ils ne m'appartiendraient pas…

Mustella approuva, le cœur serré. Les esclaves n'avaient pas le droit de se marier, mais certains pouvaient prendre une compagne ou un compagnon dans la maison de leur maître. Seulement, ce dernier pouvait les séparer et pire, revendre ou utiliser leurs enfants à sa guise.

Pandion lui tapota la main, comme s'il sentait son désarroi :

— Toi, tu verras sûrement tes enfants grandir.

— Sans doute. Lollius est bon avec ses serviteurs. Mes parents, eux, n'ont pas eu cette chance.

— Ils vont bien, la rassura-t-il. J'ai croisé ta mère le mois dernier. Et j'ai appris que ton père travaillait dans une ferme, du côté de Nuceria. Quant à tes frères, hélas, j'ignore où ils se trouvent...

Les parents de Mustella avaient fait partie, autrefois, d'un élevage humain. On y accouplait les esclaves, comme du bétail, dans l'espoir d'obtenir des enfants grands, forts, et parfaits physiquement.

Sa mère était une Grecque de haute taille et son père un Nubien[1] d'une beauté remarquable. Après quatre superbes garçons, ils n'avaient plus conçu qu'une fille.

Mustella était une jolie métisse. Malheureusement, elle promettait de ne devenir ni grande, ni forte. Son maître s'était vite débarrassé d'elle afin de ne plus avoir à la nourrir.

L'intendant de Lollius Venestus l'avait achetée l'année de ses sept ans. La voyant sérieuse et vive d'esprit, dame Octavia l'avait ensuite affectée au service de sa fille.

— Le fiancé, comment dis-tu qu'il s'appelle ?

— Kaeso Lentulus Calvus.

— Oh...

— Comment cela « oh » ? s'inquiéta-t-elle devant la grimace de Pandion.

— Ton Lentulus, nous l'avons surpris à jouer.

---

1. Habitant de la Nubie, une région qui se situait autrefois au nord du Soudan, en Afrique.

La jeune fille, qui retenait son souffle en imaginant le pire, se mit à sourire, puis à rire franchement :

— Eh bien, il ne s'agit que de ça ? Beaucoup de gens jouent. Chaque taverne dans cette cité cache des salles de jeux clandestins !

Pandion passa la main dans ses courts cheveux gris, avant de poursuivre comme à contrecœur :

— Bien sûr que tout le monde joue, même si c'est interdit par la loi. Moi le premier. Mais je n'y laisse pas mon pécule[2], ni ma tunique. Or, ce Kaeso Lentulus Calvus ressemble à un acharné, un obsédé... Et il a à peine dix-huit ans. Nous l'avons déjà sorti à plusieurs reprises de tripots, à la demande de son tuteur.

— Le laniste ?

— Oui, Quintus Appius. Ce pauvre homme ne sait plus que faire de son neveu. Il paraît qu'il joue tout ce qu'il possède, et que ça ne tourne pas très rond dans sa tête depuis la mort de ses parents.

Comme pour donner plus de relief à ses mots, Pandion tapa du bout de son index contre sa tempe. Puis il reprit :

— Oh, il ne me semble pas mauvais... Il ne boit pas, son haleine ne sent pas le vin. Et il ne fréquente pas les maisons closes, ce n'est pas un débauché. Ce garçon me ferait plutôt pitié. Il a l'air si malheureux. On dirait que les dieux lui font porter toute la misère

---

2. Argent donné par le maître à l'esclave. En économisant peu à peu, l'esclave pouvait acheter sa liberté.

du monde sur les épaules. Mais cela ne l'empêchera pas de devenir un excellent mari.

Mustella, elle, en doutait. Comment sa maîtresse pourrait-elle être heureuse avec un époux qui jouait jusqu'à sa tunique ?

Elle ressassa ces informations tout en regagnant la maison. Par malchance, Rufinus, l'intendant, la cueillit sur le pas de la porte.

— Où étais-tu, vaurienne ? s'écria-t-il.

Mustella rentra la tête dans les épaules.

— Au marché…, répondit-elle. Rappelle-toi… Tu m'y a envoyée faire des achats.

L'explication aurait dû le satisfaire, mais il attrapa la queue-de-cheval de Mustella et la tira jusqu'à lui faire monter les larmes aux yeux.

— On t'a vue à l'autre bout du forum ! cria-t-il de plus belle. Où es-tu allée ?

— J'ai profité des courses pour me rendre à la garde urbaine, reconnut-elle. Aïe ! Par pitié, arrête !

Il s'attendait sûrement à un rendez-vous avec un amoureux. « Garde urbaine ». Ces deux mots lui firent lâcher les cheveux de la jeune fille. Elle expliqua d'une petite voix :

— Un de mes cousins y est esclave public. Je… voulais juste avoir des nouvelles de ma famille, mentit-elle.

Rufinus la bouscula rudement, avant de lui asséner :

— Depuis que le seigneur Lollius t'a achetée, tu ne possèdes plus d'autre famille que nous. Tu seras

37

privée de repas jusqu'à demain. Que cela te serve de leçon !

Mustella poussa un soupir de soulagement. Elle s'en tirait à bon compte.

— Tu connais le règlement, reprit-il. La prochaine fois, tu seras condamnée à l'ergastule[3], au fouet et au travail aux champs. À la suivante, tu seras revendue.

— Oui, Rufinus. Je ne recommencerai pas.

Sa voix tremblait. Cette fois, il ne s'agissait pas de menaces en l'air, comme en faisait Lollia chaque matin.

Mustella ne put voir sa maîtresse qu'en début d'après-midi. Marchant de long en large dans le beau jardin bordé de colonnades blanches, Lollia pesta en entendant les nouvelles.

La jeune fille avait étudié toute la matinée avec Zénon, son pédagogue. Mécontent d'avoir été renvoyé le matin même, le professeur ne lui avait rien épargné. Tout ce qu'elle détestait y était passé : cours de grec, poésie et pour finir, géométrie ! Depuis, elle souffrait d'un solide mal de tête.

Elle se laissa tomber en bougonnant dans un fauteuil d'osier couvert de coussins et s'écria :

— Tout le monde joue ! Ce ne sont pas des arguments que je peux opposer à mes parents. Ils me diront : « Il joue ? La belle affaire ! Comme il est très riche, il peut se le permettre ! » et pour le reste : « Il est triste ? À toi de lui rendre le sourire ! »

_____

3. Cachot où l'on enfermait les esclaves pour les punir.

Elle se leva d'un bond et se mit à tourner en rond, puis elle s'arrêta, mains sur les hanches :

— N'avons-nous pas une servante gauloise… Azilis ! Elle invoque les morts et jette des sorts. Elle a prédit l'avenir à ma mère.

— Pfff ! ricana Mustella. Azilis a raconté que ton père ne participerait pas aux élections, et qu'il partirait vivre à Rome ! Elle aurait mieux fait de se taire.

— Elle pourrait invoquer les morts et jeter un sort à ce Kaeso, afin qu'il ne puisse pas m'épouser.

— Il n'en est pas question ! l'interrompit Mustella, blême de peur. On ne doit pas déranger les habitants des Enfers. Ils pourraient se venger sur nous ! De toute façon, ta mère était si mécontente qu'elle a envoyé Azilis travailler dans une ferme.

Lollia soupira et proposa en échange :

— Alors… Demain, tâchons de sortir… Je veux en découvrir davantage sur ce Kaeso.

Mustella la regarda avec des yeux effarés. Son rôle était de servir sa jeune maîtresse, mais également de l'empêcher de commettre des bêtises. Sortir sans permission se trouvait en première place des interdictions.

Comme la servante ne répondait pas, Lollia reprit :

— Si nous sortions…, nous pourrions interroger les commerçants, ses voisins…

— Sais-tu bien ce que je risque ? répliqua enfin Mustella d'une voix blanche. Aujourd'hui, on m'a privée de nourriture.

— Oui, soupira Lollia en baissant le nez. Et moi, sais-tu ce que je risque ? D'être mariée à un Romain qui ne tourne pas rond dans sa tête et qui a pour surnom « le chauve ». Aide-moi ! Par pitié ! Si nous sommes découvertes, je ferai en sorte qu'on ne te punisse pas.

— D'accord. Mais à une condition : promets-moi que tu m'obéiras en tout.

Lollia sursauta. Obéir à une esclave ? La jeune servante vit son regard choqué. Elle expliqua :

— Tu ne sais pas parler aux gens du peuple, maîtresse, aux mendiants ou aux filles des rues. Moi oui.

— Tu as raison. Je le promets.

6

Chez Appius

Kaeso serrait les dents. Planté au centre de la palestre, il faisait face au meilleur gladiateur de son oncle.

— Ton épée ! ordonna Fortunatus en le repoussant du plat de son arme factice[1]. Tiens-la fermement !

Kaeso, sous le choc, tomba en arrière dans le sable. Manius regardait la scène, impuissant. Il savait que son frère avait du mal à se concentrer. Sa tête le faisait souffrir après l'agression de cette nuit.

---

1. Les gladiateurs s'entraînaient avec des armes en bois. Leurs maîtres craignaient qu'ils se rebellent et s'en prennent à eux. Les vraies armes ne leur étaient remises que lorsqu'ils entraient dans l'arène pour combattre.

Le matin, il l'avait ramené à temps, juste avant que son oncle ne mette sa menace à exécution. Mais, des moyens de se venger, Quintus Appius n'en manquait pas ! Il avait transformé une des cours de sa maison en palestre, ce qui lui permettait de surveiller les progrès de ses quatre champions. Fortunatus, Ursus, Aquila et Vindex, à eux seuls, faisaient la réputation et la richesse de son école. Ses trente autres combattants étaient relégués à la caserne. Moins chanceux, ils y mangeaient chichement, et y travaillaient dans de dures conditions sous la férule d'un entraîneur aussi exigeant qu'acariâtre.

Appius avait exigé que Kaeso s'entraîne avec Fortunatus et le jeune homme recevait une cuisante correction. Par chance, ils se trouvaient à la maison, et pas à la caserne. Cette leçon humiliante resterait secrète.

Pour l'heure, Appius était assis avec Sertor, un de ses affranchis[2] à l'ombre d'une toile tendue entre quatre piquets. Il ricanait en regardant Kaeso.

— C'est du jus de navet qui coule dans tes veines, cria-t-il. Ah ça, pour jouer et courir les filles, tu es

2. Les esclaves pouvaient recouvrer leur liberté, soit en la rachetant grâce au pécule qu'ils économisaient, soit en étant « affranchi » par leur maître. Mais, ils n'étaient pas libres complètement : ils restaient les « clients » de leur ancien maître, travaillaient pour eux, et lui reversaient une partie de leurs gains. En étant affranchi, un esclave pouvait se marier, ses enfants naissaient libres et citoyens.

doué ! Déclamer des vers et te prendre pour Virgile, c'est facile ! Mais dès qu'il s'agit de te conduire comme un homme...

Kaeso se releva, le sang fouetté, la rage au cœur. Il était pourtant grand et fort, mais l'esclave qui lui faisait face le dépassait d'une tête. Et encore, Fortunatus retenait ses coups ! C'était une machine à tuer, avec plus de trente victoires à son actif. Il aurait pu écraser le jeune homme d'une main.

— Eh bien, s'écria Appius au gladiateur, dois-je m'en occuper moi-même ? Malgré mon âge, je n'en ferais qu'une bouchée !

Quintus Appius se rengorgea. Il était encore svelte pour ses cinquante ans, en forme et très agile.

Kaeso, blême, assura sa main sur la garde de l'épée, prêt à se battre, mais le gladiateur soupira, avant de se tourner vers le laniste :

— S'il te plaît, maître, cessons. Je ne suis pas doué pour enseigner, je vais le blesser.

— Continue, je te l'ordonne.

— Allons, maître, tenta d'intervenir à son tour Ursus, une montagne de muscles. Ton neveu n'est pas de taille.

Appius, furieux d'être contredit, se dressa d'un bond.

— Ainsi, personne ne respecte mes ordres ?

Sous l'œil médusé de ses hommes, Appius gagna le centre de la palestre et se saisit de l'arme de Fortunatus. Puis, repoussant le gladiateur, il provoqua Kaeso.

— Défends-toi !

Kaeso, prudent, préféra reculer d'un pas. Il refusait de lever la main sur son oncle, même avec une épée de bois.

— Abandonne ! lui cria son frère. Ne l'écoute pas !

Hélas, Appius se jeta sur lui. Le jeune homme encaissa plusieurs coups qui lui coupèrent le souffle. Son oncle savait se battre ! Quant à Kaeso, s'il manquait de technique, il possédait pour lui la vigueur de la jeunesse. Il para une attaque de justesse, ce qui déséquilibra Appius et le fit rouler au sol dans un nuage de sable.

— Vermine ! hurla son oncle, dépité. Vaurien !

Les insultes répétées firent exploser la colère du jeune homme. Il attrapa son épée et la pointa contre la gorge de son adversaire.

— Assez ! l'arrêta Fortunatus.

Le gladiateur le désarma avec une rapidité surprenante, tandis que le laniste criait d'un air offusqué :

— Ce bon à rien était prêt à me frapper !

Sertor, son affranchi, courut l'aider à se relever. Il épousseta le sable de sa tunique, avant de lui demander :

— Vas-tu bien, maître ? Ton neveu est fou. Il mériterait d'être enfermé !

Le grand Fortunatus n'aimait pas Sertor, un marchand de fauves connu pour son cœur sec et son appât du gain. Et il sentait peser comme une menace sur le jeune Kaeso, sans vraiment en comprendre la raison. Bien qu'esclave, il décida de prendre les choses en main :

— Allons, ce n'est pas si grave. Il ne s'agit que d'une épée de bois. Vous deux, demanda-t-il à Kaeso

44

et à Manius, quittez la palestre, notre maître a besoin de calme.

Les garçons obéirent. Ils s'éloignèrent en silence, non sans avoir adressé un regard noir à leur oncle. Dans leur dos, Appius, vite remis de ses émotions, brailla :

— Je n'ai nulle envie de repos ! De quoi te mêles-tu, Fortunatus ?

— Mais, maître…

— Je te traite comme un prince, bien que tu sois esclave, et tu en profites pour me désobéir ! Allez ! cria-t-il avec hargne. Au travail ! Dans quinze jours, vous combattrez dans l'arène ! Si vous continuez à faire du gras, vous serez vaincus ! Fortunatus face à Ursus ! Aquila contre Vindex !

Une fois dans leur chambre, une minuscule pièce dans les combles, Manius s'indigna :

— Nous sommes ses plus proches parents, pourtant il nous met plus bas que terre, alors qu'il gâte ses gladiateurs comme s'ils étaient ses enfants ! Ils ont les meilleures chambres et sont nourris avec les meilleurs mets… Rien n'est trop beau pour eux, pendant que nous sommes reclus sous les toits, sans le moindre argent !

— Il ne cherche qu'à nous punir, lâcha Kaeso d'une voix emplie d'amertume. Rappelle-toi, lorsque nous sommes arrivés, il a voulu nous associer à son affaire et nous avons refusé. Il nous en garde rancune.

45

— Nous lui avons pourtant expliqué que cela ne nous intéressait pas. Il devrait le comprendre.

Après un instant de silence, Kaeso reprit :

— Et puis, il y a Sylvia. Il refuse que je l'épouse, et Sertor, son affranchi préféré, la veut.

Sylvia plaisait au marchand de fauves. Il lui tournait autour depuis des mois, cherchant par tous les moyens à s'en faire aimer… Sans résultat.

— Tu devrais te méfier, souffla Manius. Sertor serait bien capable du pire pour t'écarter. Et notre oncle le soutiendra contre toi.

— Je me moque de leurs menaces ! s'enflamma Kaeso.

Puis il conclut :

— Ne t'inquiète pas. Cette tyrannie prendra bientôt fin. Ce soir, je sortirai en cachette, et je jouerai.

— Avec quoi ? ricana Manius. Nous n'avons plus rien.

— Il me reste encore ma bulle d'or[3]. Si les dieux me sont favorables, demain j'aurai gagné assez d'argent pour m'enfuir avec Sylvia.

Manius se contenta de soupirer d'un air accablé. Lui ne se moquait pas de leurs menaces.

---

3. Pendentif, en or pour les riches, et en cuir pour les pauvres, empli d'amulettes chargées d'écarter les mauvais esprits. Elle était portée par les enfants romains nés libres. Les garçons l'enlevaient à la prise de la toge virile, et les filles, lors de leurs noces.

7

Chez Lollius

Le lendemain, le soleil n'était pas encore levé lorsque Mustella se glissa dans la chambre de sa maîtresse.

— Debout ! ordonna-t-elle.

Pour une fois, Lollia ne chercha pas à flemmarder. Elle sauta du lit et enfila la tunique blanche rayée de jaune que lui tendait la servante. Dans la maison, tous les esclaves étaient vêtus de ces mêmes couleurs.

— N'as-tu pas trop faim ? lui demanda-t-elle.

— Si, maîtresse. Je meurs de faim.

Lollia sortit de dessous son oreiller un morceau de pain qu'elle avait subtilisé au repas de la veille.

— Tiens, mange.

La servante sourit, émue de voir que Lollia avait pensé à elle. Cependant, elle cacha le pain dans son panier et déclara :

— Merci maîtresse, mais plus tard.

Elle coiffa Lollia d'une natte, tandis que la jeune fille chaussait des sandales plates très ordinaires. Ainsi vêtue, elle n'avait plus rien de commun avec la Lollia Tertullia que tous connaissaient, qui ne portait que des *stolæ*[1] de soie et de jolies chaussures du cuir le plus fin.

— Vite ! la pressa Mustella à voix basse. Au quartier des esclaves, ils ne sont pas encore levés. C'est le moment ou jamais de filer sans être remarquées.

Elle attrapa une *palla*[2] qu'elle posa sur la tête de sa maîtresse. Toutes les femmes respectables se couvraient les cheveux pour sortir dans la rue. Ainsi, Lollia passerait d'autant plus inaperçue. Ensuite, elle lui fourra dans les bras un panier empli de linge sale. Elle prit le sien, et lança :

— Allons-y.

Une fois la porte entrebâillée, elle glissa un œil dans le couloir. Personne. Le cœur battant la chamade, elles descendirent l'escalier de bois sur la pointe des pieds.

L'*atrium*, la pièce centrale de la maison, était vide. Un début d'aurore filtrait par le *compluvium*, l'ouverture carrée aménagée au plafond, au-dessus de l'*impluvium*, le bassin central.

Elles contournèrent le bassin et jetèrent un œil inquiet aux salles dont on avait laissé les tentures

---

1. Longues robes que portaient les femmes.
2. Sorte de manteau ou de grand châle que les femmes posaient souvent sur la tête.

48

d'entrée ouvertes. Le *triclinium* d'été, la salle à manger, était désert et rangé… Le grand *tablinum*, la pièce qui servait à recevoir les invités et à honorer les dieux, l'était également. Quant au bureau de son père, il était fermé par une porte en bois. C'était là que Lollius Venestus gardait ses biens les plus précieux.

— Viens, souffla Mustella, la voie est libre.

À l'entrée, un Gaulois trapu montait la garde. La jeune esclave soupira de soulagement, car le portier de jour n'avait pas encore pris son tour. Il les connaissait bien et ne les aurait pas laissées passer.

Par chance, après une nuit de veille, le Gaulois avait perdu de sa vigilance. Lorsqu'il vit les deux filles avec leur linge, il demanda seulement d'une voix fatiguée :

— Vous allez où, comme ça, de si bonne heure ?

— Ben, chez le foulon[3] ! répliqua Mustella en montrant son panier. Tu poses de drôles de questions, toi !

— D'habitude, s'étonna-t-il, il passe lui-même prendre le linge sale.

Mustella lâcha un soupir d'agacement :

— Il ne viendra pas avant demain, et les vêtements de dame Octavia ne peuvent pas attendre.

Par chance, l'autre n'insista pas. Son rôle était d'empêcher les intrus d'entrer, pas les servantes de travailler. Il tira le verrou, enleva la barre de fer qui bloquait l'accès, et ouvrit la porte. Au-dessus se

---

3. Ouvrier qui foulait le linge aux pieds, dans des cuves emplies d'une solution d'urine, pour le laver et le blanchir.

trouvait un panneau, avec une inscription peinte en rouge :

TOUT ESCLAVE SORTI SANS PERMISSION SERA PUNI.

Mustella frissonna en passant dessous.

Dans la rue, à trois pas, les « clients » habituels de Lollius attendaient déjà le lever de leur « patron » en bâillant. Le boulanger, lui, ôtait les volets de bois de sa boutique, tandis que son épouse entassait des pains ronds encore fumants sur le comptoir de marbre.

— À propos de pain, dit Lollia, mange !

Mais Mustella la pressa :

— Je le ferai en chemin. Ce linge va nous encombrer. Nous allons le déposer chez le foulon, qui est sur notre chemin. Viens vite ! Nous disposons d'une heure, maîtresse, et pas d'un instant de plus. Après quoi, on se rendra compte de notre absence !

L'atelier d'un célèbre graveur de camées occupait tout le rez-de-chaussée de la maison d'Appius, à l'angle de deux rues. Lollia le connaissait pour y être venue en litière[4] avec sa mère. Octavia adorait les camées, ces bijoux d'ivoire et de corail, et Pompéi produisait les plus beaux de tout l'Empire.

---

4. Véhicule, sorte de lit pourvu de rideaux où l'on voyageait couché, et que des hommes portaient sur leurs épaules grâce à des brancards.

— Je cours interroger l'esclave du graveur, celle qui sert au comptoir, annonça Mustella. Toi, n'entre pas, elle risquerait de te reconnaître.

— Vas-y. Je reste à observer.

— Ne commets pas d'imprudence, insista sa servante. Si nous sommes découvertes, tu perdras ta réputation et moi, j'irai croupir dans une des fermes de ton père.

Elle se rendit à la boutique, tandis que Lollia se postait près de la fontaine carrée qui se dressait au carrefour.

— Dis donc, gamine, lança une voix traînante, tu vois pas que tu m'gênes ?

Une vieille esclave voûtée, à la tunique brune rapiécée, se tenait à côté d'elle, une grosse cruche dans les bras. Lollia eut un sursaut de colère. Elle s'écria, outrée :

— En voilà des faç...

Mais elle se tut aussitôt, se rappelant qu'ici, elle n'était plus la fille d'un riche patricien.

— Excuse-moi, grand-mère, reprit-elle en se poussant.

— Aide-moi, veux-tu. Tiens, ma fille, remplis ma cruche. Je n'en peux plus.

La femme lui tendit le récipient. Elle souffla autant de fatigue que de vieillesse, avant de s'asseoir sur la margelle de la fontaine.

— Je viens de frotter le sol du logis, se plaignit-elle, et il me faut encore tirer de l'eau pour la toilette de ma maîtresse. Tu es nouvelle ? Je t'ai jamais vue.

— Nouvelle, oui, acquiesça Lollia en mettant la cruche sous le tuyau. Dis, tu le connais, Appius ? demanda-t-elle avant de retenir son souffle.

— Le patricien de la maison d'en face ? Celui qui fait le laniste ? Oui, bien sûr. C'est lui, ton maître ? Ben, t'as pas de chance, ma jolie. Il est dur. Paraît qu'il maltraite ses petites servantes.

— Non, précisa Lollia, gênée. Mon… maître est seulement en affaire avec lui. Tu… connais son neveu ? Son prénom, c'est Kaeso.

La femme se passa un peu d'eau sur la nuque en soupirant de plaisir, puis elle répondit :

— C'est lequel des deux, Kaeso ?

Lollia la regarda avec surprise. De quoi parlait la vieille ? Par chance, l'esclave expliqua :

— Ils sont deux frères. Deux Romains. Kaeso et Manius. Ils ont l'air gentil.

La cruche était pleine. Elle était si lourde que Lollia eut du mal à la poser sur la margelle.

— On m'a raconté qu'il était bizarre, tenta-t-elle.

— Qui ? Kaeso ? Non, répondit la vieille. Il sort la nuit, ça oui ! Ça fait hurler son tuteur. Je l'entends depuis notre logis. J'habite là, au premier.

Elle désigna l'entrée d'un immeuble et poursuivit :

— Il est jeune. Faut bien qu'il s'amuse. Ces gens de Rome, ils aiment les distractions… Ben, tiens… Le voilà qui rentre, justement.

Elle montra du doigt un jeune homme qui marchait tête basse sur le trottoir. Lollia eut un coup au cœur.

— Il passe pas inaperçu, hein ? plaisanta l'esclave en riant de toute sa bouche édentée. Il est beau comme Adonis. Sûr que les petites servantes d'Appius préféreraient l'avoir pour maître !

Grand, brun, il avait tout d'un athlète. Et, malgré son surnom, il n'était pas chauve. Il possédait au contraire une épaisse chevelure bouclée. Mais la femme continuait :

— Il revient sans doute d'une nuit de fête. Il va encore se prendre une bonne...

Elle s'arrêta brusquement. Au premier étage de l'immeuble, une matrone se mit à crier depuis son balcon fleuri de jardinières :

— Alors, feignasse ! Cette eau, il faut que je descende la chercher moi-même ?

L'esclave attrapa la cruche avec difficulté.

— Feignasse toi-même ! pesta-t-elle tout bas. Pet de vipère ! Furoncle !

Lollia en resta bouche bée. C'était la première fois qu'elle entendait une esclave insulter sa maîtresse. Mais cette pauvre femme semblait bien vieille, et sa propriétaire était une vraie mégère. Chez elle, son père n'aurait jamais permis qu'une servante si âgée effectue encore des tâches pénibles. On l'aurait mise depuis longtemps à des travaux faciles.

Lollia l'aida à caler la cruche sur son épaule, et elle la regarda partir à petits pas tandis que la harpie continuait à la houspiller, en la menaçant du fouet.

Elle reporta ensuite toute son attention sur Kaeso qui approchait. Il était vêtu d'une tunique serrée à la taille par une ceinture de cuir. Ses bras nus étaient musclés et bronzés. Elle observait si intensément le jeune homme qu'elle n'entendit pas Mustella revenir.

— J'en sais plus, commença sa servante d'un air fébrile.

— Moi aussi, l'arrêta Lollia. C'est lui.

Elle lui montra du menton Kaeso qui arrivait presque à leur hauteur. Il leva son regard vers elles, et Lollia, rouge de honte, se détourna afin de lui cacher son visage. À peine était-il passé, que Mustella s'exclama :

— Comme il est beau !

Elle se mit à rire bêtement derrière sa main, ce qui énerva Lollia.

— Mais, brailla-t-elle, je m'en moque, de sa beauté ! Vas-tu cesser de te conduire comme une bécasse, une pintade ! Une… Viens plutôt, suivons-le !

Malgré le vocabulaire peu aimable de sa maîtresse, Mustella ne se vexa pas une seconde, pas plus qu'elle ne croyait qu'elle la vendrait un jour.

— À quoi bon ? répliqua-t-elle. Il rentre chez lui.

— Non. Il continue tout droit.

Elles le suivirent, tandis que Mustella, cessant de rire, reprenait plus sérieusement :

— Franchement, il fera un époux très correct. Il possède de ces yeux…

— La beauté n'est pas tout, répondit Lollia d'un ton sérieux de philosophe.

— Ton professeur n'aurait pas dit mieux ! Finalement, Zénon a réussi à t'apprendre quelques leçons.

— Tais-toi, insolente ! Regarde. Voilà qu'il vient de

disparaître dans une ruelle… Vite ! Là, la petite porte entrouverte…, souffla-t-elle. Il est entré. Allons-y !

Lollia poussa le battant pour jeter un œil. Derrière, elle découvrit un jardin, certainement celui d'Appius. Elle entendit des voix masculines, l'une plus grave que l'autre. Elles provenaient d'un bosquet de lauriers-roses situé près d'une fontaine chantante.

— Si la porte est restée ouverte, souffla Lollia, c'est que Kaeso était attendu. Viens !

Mais Mustella la tira par le bras :

— Tu es folle ! Si nous nous faisons prendre…

— Trouillarde !

Lollia se dégagea. Puis elle marcha sur la pointe des pieds jusqu'au bosquet, un doigt sur les lèvres.

— J'ai passé la nuit à *La Barbe de Neptune*, disait la voix la plus grave, sans doute celle de Kaeso.

— Alors ? As-tu gagné ? s'inquiéta la voix plus jeune.

— Hélas, non.

— Il faut changer ton plan.

« De quoi parlent-ils ? se demanda Lollia avec curiosité. Un plan ? Dans quel but ? »

Elle se rappela ensuite ce que la vieille lui avait raconté. Kaeso avait un frère, Manius. C'était sans doute avec lui qu'il discutait.

Kaeso soupira avant de déclarer gravement :

— Non… Je n'ai pas d'autre solution. Si seulement il me restait un objet à vendre… J'essaierais une dernière fois.

Les filles entendirent un juron, puis la voix la plus jeune souffla :

55

— Quelqu'un vient ! J'ai raconté aux serviteurs que tu avais dormi dans le jardin à cause de la chaleur. Vite, couche-toi sur ces coussins que j'ai descendus. Tes sandales ! Enlève-les !

Il y eut du remue-ménage, et un homme cria :

— Par les dieux ! Je t'avais interdit de sortir ! Il faudra donc que je t'attache pour que tu m'obéisses ?

— J'avais chaud, rétorqua Kaeso. Vas-tu m'obliger à rester cloîtré dans cette chambre minuscule sous les toits, par cette fournaise d'août ?

Ensuite elles entendirent une empoignade, et l'homme, sûrement Quintus Appius, s'emporta :

— Tu feras ce que je dis, ou je...

Il se tut. Dans la maison, le chien du garde venait de se mettre à hurler à la mort... Pour tous les Romains, il s'agissait d'un sinistre présage. Les autres chiens du voisinage en firent bientôt autant... Puis les chevaux de l'écurie toute proche commencèrent à hennir.

— Que Jupiter nous protège ! lança l'homme.

Hormis les hurlements des chiens et les hennissements des chevaux, il n'y avait plus aucun bruit, pas même un pépiement d'oiseau. Un étrange silence planait, un silence de mort. Même la fontaine s'était tue. Lollia et Mustella avaient compris, elles connaissaient ces signes.

— Partons, souffla la servante, effrayée.

Elles sortirent à reculons et prirent leurs jambes à leur cou. Ce silence ! L'affolement des animaux ! Un tremblement de terre s'annonçait ! Elles gagnèrent en courant une place où d'autres Pompéiens, habitués comme elles aux caprices des dieux, s'étaient réfugiés. Mieux valait se mettre en terrain découvert, afin de se protéger des chutes de tuiles, de briques ou de pots de fleurs.

Un grondement sourd sembla sortir des entrailles de la terre. Puis les pavés tremblèrent sous leurs sandales, les murs vacillèrent. À deux pas, un homme tentait vainement de calmer son âne qui se cabrait. Des enfants pleuraient.

Lollia et Mustella se serrèrent l'une contre l'autre et se mirent à prier. Elles avaient beau avoir déjà connu de nombreuses secousses, elles ne pouvaient empêcher la peur de s'emparer d'elles. Après ce qui leur parut une éternité, le roulement de tonnerre décrut peu à peu. Les dieux les avaient épargnées !

— Ah ! fit une matrone, soulagée, en caressant les cheveux de son jeune fils. Ce n'est pas encore pour cette fois. Vulcain soit remercié ! Rentrons vite, j'ai laissé le feu allumé. Pourvu qu'il n'y ait pas d'incendie !

La terre tremblait souvent à Pompéi. Voilà dix-sept ans, un grave séisme avait fait de nombreuses victimes. Lollia et Mustella n'étaient pas nées, mais elles en avaient souvent entendu parler.

D'ailleurs, il suffisait de traverser la cité pour apercevoir les traces de cette catastrophe. Les grandes statues du forum gîsaient encore au sol, car on n'avait pas trouvé de palan[5] assez solide pour les replacer sur leurs socles. Les murs de certains temples s'ébou-

_____
5. Sorte de grue, fait d'un mécanisme de poulies et de filins.

laient, et bon nombre de thermes étaient fermés, faute de pouvoir réparer les canalisations souterraines.

— Rentrons vite, s'écria Mustella.

Elle prit sa maîtresse par le bras et l'entraîna :

— Tes parents sont certainement montés dans ta chambre pour voir si tu te portes bien. À cause de tes caprices, je serai vendue !

Lollia sentit son cœur se serrer. Il fallait faire vite ! Elle se mit à courir comme si sa propre vie en dépendait.

8

Chez Lollius

Elles arrivèrent à bout de souffle devant leur maison.

— Nous allons passer par les écuries, ordonna Mustella. Cache ton visage. À cette heure, de nombreux domestiques entrent et sortent.

Elles se faufilèrent au milieu d'une grande pagaille. Une charrette de foin s'était renversée. Un peu plus loin, un cheval avait défoncé sa stalle et ruait en hennissant.

— Personne ne m'a remarquée, souffla Lollia avec soulagement.

— Ne crie pas victoire trop vite, la reprit Mustella, sourcils froncés d'inquiétude. Quelle explication donnerons-nous à tes parents s'ils ont déjà constaté ton absence ?

Les deux filles se glissèrent dans la maison, tête baissée. Au loin, on entendait crier avec angoisse :

— Lollia ! Lollia ! Où es-tu ? Lollia !

— Ils me cherchent, fit-elle, le cœur battant.

— Quelle poisse ! enragea Mustella. Je suis bonne pour le fouet.

— J'ai une idée. Allons aux bains. Faisons comme Kaeso, faisons croire que nous étions ailleurs.

Les Lollii avaient la chance de posséder leurs propres thermes, quatre petites pièces pourvues de bassins chaud, tiède et froid. Installés au rez-de-chaussée, près des cuisines et des latrines[1], la famille s'y baignait l'après-midi, avant la *cena*, le repas du soir. À cette heure, les bains devaient être vides.

Mais voilà qu'un serviteur leur barrait la route ! Il s'agissait d'un jeune homme acheté deux mois auparavant.

— Lollia Tertullia ? s'étonna-t-il.

Puis il se mit à rire en voyant son déguisement. Il avait compris. Mustella se planta devant lui :

— Si tu parles, Élias, le menaça-t-elle, je raconterai au maître que tu voles son vin…

— Tu mens ! Vipère !

— Oui, je mens. Mais peut-être préférerais-tu que je lui raconte que tu couches avec Lucia, la femme de l'intendant ? Parce que, là, je dirai la vérité.

Élias déglutit péniblement, avant de s'écarter :

— D'accord. Je n'ai rien vu.

---

1. Équivalent des toilettes.

— Merci.

Elles entrèrent aussitôt dans la première pièce des thermes qui servait de vestiaire. Tout en se dépêchant d'ôter ses vêtements, Lollia demanda :

— C'est vrai cette histoire entre Lucia et Élias ?

Mustella attrapa une grande serviette.

— Vrai. Je te l'ai déjà dit, les esclaves savent tout. Élias ne nous trahira pas.

Elle poussa sa maîtresse, nue, jusqu'au bassin d'eau tiède. La jeune fille s'y jeta en criant : la chaudière n'avait pas encore été allumée, l'eau était froide.

La servante ne perdit pas de temps, elle étala la serviette sur la table de massage, et chercha dans un placard un strigile[2], ainsi qu'un flacon d'huile parfumée. La mise en scène était en place. Enfin, presque.

— Range cette tunique d'esclave, ordonna Lollia. Et cours vite prévenir mes parents ! Dis-leur que j'avais chaud, que j'ai voulu prendre un bain.

Une fois Mustella partie, Lollia tenta de calmer les battements de son cœur. Elle respira plusieurs fois profondément et trempa ses longs cheveux bruns qui flottèrent, telle une large corolle autour de son visage.

Elle attendit en contemplant les fresques sur les murs. Malgré la pénombre, elle voyait les nymphes[3] jouer au cerceau avec les dauphins. Elle appréciait cet

---

2. Instrument courbe en métal qui servait à racler la peau pour la nettoyer.

3. Divinités féminines de la Nature, réputées pour leur jeunesse, leur insouciance et leur beauté.

endroit, propice au calme et à la détente. Le bassin pouvait accueillir sans peine quatre à cinq personnes, et un joli filet de lumière dorée tombait d'une minuscule fenêtre.

Les lampes à huile ! nota-t-elle soudain. Elles étaient éteintes ! Un autre détail clochait : ses vêtements ! Comment expliquer qu'elle était descendue nue depuis sa chambre ?

Un bruit de cavalcade affolée lui parvenait de l'*atrium*. Quelques instants plus tard, ses parents entraient, suivis par Mustella. Octavia se jeta à genoux sur la margelle de marbre. Lollius, lui, poussa un soupir de soulagement :

— Nous étions si inquiets ! s'écria-t-il. La terre tremblait et nous ne te trouvions nulle part !

Lollia n'aimait pas mentir, mais elle expliqua avec un aplomb qu'elle était loin de ressentir :

— Je mourais de chaleur, alors je suis descendue me rafraîchir. Quelques minutes plus tard, il y a eu cette secousse. J'ai entendu que vous m'appeliez et j'ai envoyé Mustella vous prévenir.

Octavia, en colère, se tourna vers la servante :

— Pauvre sotte ! Ne t'ai-je pas dit cent fois de ne pas laisser ma fille commettre des bêtises ? Elle ne doit pas prendre ses bains seule. Le bassin est profond, un accident peut arriver. Et pourquoi se trouve-t-elle dans cette pénombre ?

Mustella, muette, se courba, mains jointes. Voilà qu'elle allait tout de même être punie.

— Ma serviette ! ordonna Lollia. Je sors !

La servante se dépêcha de la lui tendre, grande ouverte. Tandis qu'elle montait les marches du bassin, Lollia expliqua sèchement :

— L'obscurité, je l'ai voulue, car je souffre d'une horrible migraine. Cessez de vous en prendre à Mustella, elle n'a rien fait de mal !

Ses parents se regardèrent, étonnés. Leur fille semblait bien agressive ! Lollius reprit alors, plus diplomate :

— D'ordinaire, tu te baignes avec deux ou trois esclaves pour te servir.

Lollia rétorqua d'un ton sec :

— Tu ne me trouves pas assez âgée pour me baigner seule, mais suffisamment pour me marier.

Son père serra les mâchoires.

— Oui, reconnut-il en maîtrisant sa colère, ma petite fille a l'âge de prendre un époux. D'ailleurs, je souhaitais t'entretenir de ce projet.

Lollia souffla, soulagée. Elle avait détourné leur attention de Mustella. Pour le moment, c'est tout ce qui lui importait.

— Mère m'a déjà expliqué, répondit-elle. Ton idée me déplaît, Père. Ce jeune homme n'est même pas Pompéien, et je n'ai aucune envie de partir à Rome avec lui.

Pendant que Mustella séchait sa maîtresse avec la serviette, Lollius expliqua d'un air peu convaincant :

— Toutes les jeunes patriciennes adoreraient vivre à Rome, et être invitées aux fêtes de notre empereur, Titus César.

Mais sa fille ricana aussitôt :

— Ma sœur Secunda, m'a écrit que Titus César luttait sans cesse contre les complots de son frère, le prince Domitien. En plus, il paraît que ce sont deux débauchés qui se livrent à des orgies. Crois-tu vraiment que cela puisse me faire rêver ?

Lollius resta un instant sans voix. Puis il répliqua, à bout de patience :

— J'ai invité Quintus Appius à la *cena* de ce soir. Je lui parlerai de cette union entre nos familles. Comprends que, sans ce mariage, je ne deviendrai jamais édile.

Lollia commençait, elle aussi, à sentir la colère la submerger. Enveloppée dans sa serviette, pieds nus, les cheveux dégoulinants, elle leva haut le menton et s'éloigna, l'air offusqué. Elle prit tout de même le temps, devant ses parents médusés, de lâcher une dernière pique :

— Bien sûr, les élections passent avant tout. Et tant pis si votre fille doit se sacrifier !

Mustella se dépêcha de lui emboîter le pas, non sans avoir fait une rapide courbette à ses maîtres.

9

L'après-midi, chez Appius

Manius écrivait à un ami de Rome. Il grava quelques mots dans la cire et resta sans inspiration, le stylet en l'air, avant de les effacer du bout aplati de l'instrument.

Quelqu'un gravissait l'escalier... Il mit un doigt sur sa bouche pour imposer le silence à Kaeso, et alla écarter imperceptiblement la tenture qui servait de porte à leur chambre.

— L'oncle Quintus..., chuchota-t-il.

L'œil collé à la tapisserie, Manius craignit une nouvelle dispute. Non, Quintus Appius restait sur le palier, penché sur une corbeille de linge propre. Il tenait une fiole à la main, dont il retira le bouchon de liège. Le jeune homme le vit verser quelques gouttes d'un liquide sur une tunique.

— Maître ? demanda tout à coup une esclave dans le dos d'Appius. As-tu besoin de quelque chose ?

Le laniste se redressa, surpris. D'une grande beauté, Séréna affichait un perpétuel et agaçant air triste. Pendant une seconde, Appius pensa qu'il lui faudrait la remplacer par une esclave plus gaie et… moins silencieuse.

Il essaya de cacher la fiole, mais la fille l'avait vue. Il prit alors un ton jovial pour lui expliquer à voix basse :

— Un mage syrien m'a donné ce philtre.

Séréna, un peu étonnée par ses confidences, s'empressa de déclarer en baissant les yeux :

— Tu n'as pas de comptes à me rendre, maître.

— Ce mage m'a affirmé que si j'en mettais sur la tunique de mon neveu, il deviendrait doux comme un agneau.

L'esclave n'eut aucune réaction, et Appius repartit comme il était venu, sa mystérieuse fiole serrée au creux de sa paume.

Manius laissa retomber la tenture. Voilà que son oncle utilisait la magie afin de les contrôler !

Quelques instants plus tard, Séréna entrait dans leur chambre, le linge sur les bras. Si elle fut étonnée de leur présence, elle ne le montra pas :

— Je viens ranger les vêtements propres.

— Sur lesquels mon oncle a-t-il versé le philtre ? demanda Manius.

La fille maîtrisa un léger sursaut. Elle répondit en désignant une tunique de Keaso :

— Sur celle-ci, maître Manius.

— J'ai entendu ce qu'il te racontait. Penses-tu qu'un simple liquide puisse rendre mon frère obéissant ?

Séréna hésita, puis elle déclara, tête basse :

— Certains sorciers sont très puissants.

— Si celui-ci est si fort, railla Manius, pourquoi ne vend-il pas son élixir dans les commerces ? Imagines-tu la fortune qu'il pourrait amasser ? Personnellement, je ne crois pas à l'existence d'un tel produit.

— Peut-être as-tu raison. Je ne suis pas aussi instruite que toi. Veux-tu que je porte cette tunique à laver ?

— Non. Nous la gardons.

L'esclave à peine sortie, les deux frères se penchèrent sur le vêtement.

— Ce liquide dégage une drôle d'odeur, remarqua Manius. Voilà qui est nouveau ! L'oncle Quintus préfère utiliser la magie plutôt que la force. Grâce soit rendue à Hécate, la déesse des sorciers ! ajouta-t-il avec ironie.

— Faisons une expérience. Je vais la passer et je te dirai si je deviens doux comme un agneau. Si je suis envoûté, tu m'en débarrasseras aussitôt.

En un instant, Kaeso se déshabilla et enfila la tunique propre. Après avoir pris plusieurs profondes inspirations, il constata que rien n'avait changé en lui. Sa hargne contre son oncle ne s'était pas transformée en affection.

Tandis qu'il ôtait le vêtement, Manius conclut :

67

— Ce n'est pas un philtre magique...

Mais, de nouveaux pas résonnaient dans l'escalier. Kaeso et Manius eurent la surprise de voir Fortunatus. Depuis l'arrivée à Pompéi des deux orphelins, Les gladiateurs avaient constaté combien les garçons étaient isolés et continuellement en butte à la mauvaise humeur de leur oncle. Chaque fois qu'ils le pouvaient, les quatre hommes leur témoignaient un peu d'amitié.

— Appius vient de partir au marché aux esclaves, leur apprit Fortunatus. Ensuite, il dîne chez un patricien. Voulez-vous partager notre repas ? Cela vous changera de votre solitude.

Les Lentuli acceptèrent de grand cœur. Les quatre combattants étaient, certes, des esclaves, mais ils se conduisaient en bons compagnons, infiniment meilleurs, en tout cas, que bien des hommes libres.

— Nous nous entraînerons pendant encore deux heures, poursuivit-il. Si vous le souhaitez, nous pourrions vous enseigner le maniement des armes.

Il s'arrêta car Kaeso eut un geste de recul.

— Je te jure qu'il n'y aura aucune violence, fit le gladiateur, ni aucune humiliation. Je parle juste de vous apprendre à tenir une épée et à vous défendre avec.

Les deux frères se regardèrent. Puis, toute inquiétude envolée, Manius accepta :

— Un peu d'exercice ne nous fera pas de mal.

Et, avant de sortir, il plia la chemise qu'il replaça sur la pile de vêtements propres.

Ils étaient assis tous les six autour de la table et dînaient d'un excellent ragoût de bœuf accompagné de légumes frits. Voilà bien longtemps que les Lentuli n'avaient rien mangé de si délicieux, dans une ambiance aussi agréable.

L'entraînement avec les gladiateurs leur avait plu. En l'absence d'Appius et de l'entraîneur, les quatre champions s'étaient montrés détendus et souriants.

Kaeso ne serait jamais un bon combattant. Malgré sa carrure, le jeune homme n'en possédait ni le goût, ni les aptitudes. En revanche, Manius semblait avoir des dispositions. Il avait fait preuve d'une agilité et d'une rapidité qui impressionnèrent ses professeurs.

Les exercices avaient été suivis d'un bain. Appius ne possédait pas de thermes, mais il avait aménagé des étuves dans un local près des cuisines. De grands baquets de bois emplis d'eau chaude faisaient office de bassins. Des esclaves les avaient enduits d'huile et les avaient massés pour détendre leurs muscles fatigués.

— Si seulement mon oncle pouvait s'absenter tous les jours ! plaisanta Kaeso au cours du repas. Quel plaisir de ne pas avoir à subir sa présence, ses ordres et ses colères.

Tous se mirent à rire, mais Fortunatus reprit plus sérieusement :

— Puis-je te donner un conseil ? Cesse de le contrarier.

Le jeune homme haussa les épaules :

— Je ne l'aime pas. Et il ne m'aime pas. Il en oublie les liens sacrés de la famille, et même les lois de l'hospitalité ! Regarde comme il nous traite. Nous mangeons et nous nous lavons dans notre chambre, et nous devons nous justifier si nous voulons sortir !

— Vous devez obéir, soupira Fortunatus, sans quoi il vous brisera. Surtout toi, Kaeso.

— Obéir ? enragea-t-il. Il peut toujours courir ! Il fait tout pour me gâcher la vie. J'aime une fille, il m'interdit de la voir. J'ai du goût pour les études, il refuse que j'en suive. Son rêve ? Que Manius et moi devenions ses associés dans son école ! Moi, je veux être poète à Rome, pas laniste à la caserne de Pompéi !

Ursus lécha sa cuillère de bois avec gourmandise. Ils mangeaient des plats délicieux, mais sans couteaux, ni couverts en métal, qui pouvaient être volés et servir d'armes. Comme tous les propriétaires de gladiateurs, Appius craignait les révoltes.

— Arrête au moins de jouer, renchérit Ursus. Sur ce point, le maître a raison. Tes défunts parents, eux-mêmes, te le reprocheraient, s'ils étaient vivants.

Kaeso baissa les épaules sous la critique. Il ferma les yeux, fatigué tout à coup. Il n'avait plus faim.

— Il me faut de l'argent, avoua-t-il. Mon oncle refuse de me donner le mien, et je n'ai trouvé que ce moyen pour m'en procurer.

Puis il se leva et sortit de la pièce à grands pas. Manius, après un geste d'excuse aux quatre hommes, se dépêcha de le suivre.

10

Chez Lollius

Depuis sa chambre, Lollia entendait les préparatifs du repas. Au rez-de-chaussée, les serviteurs s'activaient et l'intendant criait :

— Les coussins ! J'avais dit les rouges, bougre d'âne, pas les jaunes ! Le vin de Falerne, quelqu'un a pensé à le rafraîchir ? Les pigeons aux amandes sont-ils prêts ?

Accoudée au rebord de la fenêtre, Mustella soupira :

— Tout à l'heure, maîtresse, dans les bains, tu y es allée un peu fort avec tes parents.

Lollia, allongée sur son lit, se mordit les lèvres :

— C'est vrai, j'ai été très désagréable.

Elle se souleva sur un coude, et demanda :

— Connais-tu les esclaves qui serviront le repas ?

Lollia n'y était pas invitée. Une conséquence, sans doute, de ses insolences et de sa mauvaise humeur. Elle s'assit et expliqua :

— C'est durant la *cena* de ce soir que mon père proposera à Appius cette union entre nos deux familles. Je veux tout savoir de ce qu'on y racontera.

Mustella se mit à rire. Sa maîtresse commençait à prendre goût à l'espionnage. Et dire que l'on attribuait ces vilains défauts aux serviteurs !

— Pourquoi compter sur les esclaves ? répliqua-t-elle d'un air de connivence. Nous n'avons qu'à nous glisser dans le jardin pour écouter.

Le visage de Lollia s'éclaira d'un large sourire. Elle lâcha un ricanement digne d'un mauvais comédien, avant de se frotter les mains de contentement.

— Voilà qui me plaît !

Le soleil était bas dans le ciel lorsque la litière d'Appius se présenta. Précédée par des crieurs, quatre grands esclaves noirs la portaient. Son équipage était d'un incroyable luxe, mais n'était-ce pas ce que l'on attendait de la part d'un prestigieux patricien ?

Lollius Venestus en personne accueillit son invité.

— *Ave*, Quintus Appius ! lança-t-il. Je suis très honoré de te recevoir dans ma demeure.

Malgré son air jovial, il ne put cacher une grimace de jalousie. Il était considéré comme l'homme le plus élégant de Pompéi. Or, ce soir, Appius le surpassait : sa toge, d'une finesse et d'une blancheur éclatante, avait été plissée avec art. Ses mains étaient soignées, sa barbe rasée du jour. Appius était parfait.

Après avoir honoré les dieux, Lollius, son épouse et leur invité gagnèrent le *triclinium* d'été ouvert sur le jardin. Si les gens ordinaires prenaient leurs repas assis, les riches, eux, mangeaient couchés. Trois banquettes leur permirent de s'allonger sur un coude autour d'une table basse. Aussitôt installés, de jeunes esclaves couronnés de fleurs commencèrent à leur servir le vin.

— Excellent ! approuva Appius en connaisseur.

— Rien qu'un peu de Falerne, répliqua Lollius.

Il balaya l'air de la main, comme s'il s'agissait d'une chose bien ordinaire, alors que ce vin de quinze ans d'âge lui avait coûté une fortune. Et il ajouta avec modestie :

— Tous les éloges reviennent à mon cuisinier, qui sait le préparer à merveille avec du miel et des épices.

Il tapa dans ses mains et une flûtiste vêtue d'une robe transparente vint jouer, assise à genoux, quelques douces mélodies. Son physique agréable, autant que son talent, sembla réjouir l'invité au plus haut point.

Cachées derrière une statue d'Hercule, dans le jardin, Lollia et Mustella constatèrent qu'Appius, en plus d'être élégant, se montrait un joyeux convive aimant les bons mots autant que la bonne cuisine.

— Ainsi donc, demanda-t-il en piochant avec gourmandise dans un plat de tétines de truie, tu désires louer six paires de gladiateurs ? Les miens s'entraînent d'arrache-pied. Ils seront au meilleur de leur forme pour fin août, lors de la réouverture des jeux[1]. Veux-tu passer à la caserne pour les choisir ?

— J'en serais ravi ! approuva Lollius. Et pour les bêtes ?

— Je te conseille de voir Sertor, mon affranchi. Il possède la plus belle collection de fauves de la région. Il attend des zèbres et des gazelles d'Afrique. Le peuple adore les chasses aux gazelles. Si tu ajoutes quelques faux palmiers dans l'arène, tu feras un triomphe.

— Bonne idée. Et j'aimerais aussi… un éléphant, avoua Lollius dont les yeux brillaient.

— Bigre ! Mais, tu as mille fois raison ! Personne n'en a encore jamais vu à Pompéi. Il faut aller à Rome pour admirer ce genre de fantaisie. Un éléphant, Sertor t'en trouvera sûrement un. Mais parlons d'autre chose, ta charmante épouse doit s'ennuyer.

Octavia le remercia d'un sourire, avant de lever sa coupe de vin vers lui avec grâce. Ensuite, la conversation porta sur l'arrivée au pouvoir de l'empereur Titus, sur les vendanges prometteuses et sur les travaux dans les temples qui n'en finissaient pas. Il fallut attendre les pâtisseries au miel et la crème de lait aux œufs de caille pour que Lollius aborde le sujet qui l'intéressait :

— Je vois que nous sommes d'accord sur beaucoup de choses, mon ami. Parle-nous de ta famille. Tu es veuf…

---

1. Chaque année, les jeux s'arrêtaient durant les deux mois les plus chauds de l'été, en juillet et août.

— Oui, soupira Appius. Ma défunte épouse Cordelia ne m'a pas donné d'enfants, mais les dieux m'ont tout de même rendu père adoptif. Je suis le tuteur de mes neveux.

Lollius prit un air étonné, tandis qu'Octavia lançait un « oh » ravi.

— Quelle chance pour tes vieux jours ! lui dit-elle.

— Il s'agit des deux fils de ma sœur, ma regrettée Appia. Son mari est mort en Judée. Quant à ma pauvre Appia, elle nous a quittés il y a cinq mois. Les médecins n'ont pu la guérir. Me voilà tuteur de deux jeunes gens.

— Parle-nous d'eux, l'encouragea Octavia.

— L'aîné, Kaeso, a dix-huit ans. C'est un bon à rien qui traîne dans des mauvais lieux toutes les nuits.

Lollius Venestus manqua se mettre à rire de tant de sévérité :

— Rien de plus normal à son âge. Moi aussi, quand j'étais jeune, je courais les filles et buvais plus que de raison, au grand désespoir de mes parents !

— Keaso joue.

— La belle affaire ! plaisanta de nouveau Lollius.

— Il ne joue pas un peu, insista Appius, il joue beaucoup. Il m'a même volé pour payer ses dettes.

Le laniste soupira, soucieux, le front plissé de rides. Les époux, eux, se regardèrent en coin avec une certaine inquiétude.

— Son père ne lui a pas laissé de fortune ? s'étonna Octavia, sourcils froncés.

Appius croisa ses mains nerveusement :

— Si, naturellement. Mais je refuse que Kaeso dilapide son bien. J'ai dû repousser sa prise de toge virile[2], afin qu'il ne puisse pas jouir de son héritage, pour le protéger de lui-même. Sa mère l'avait déjà fait avant moi. Pauvre Appia…

Lollia en resta bouche bée ! Ainsi, à dix-huit ans, le beau Kaeso n'était pas considéré comme adulte ?

Appius, attrapa sa coupe de vin, et continua son récit en la serrant à deux mains :

— En plus, Kaeso me déteste.

Octavia se leva et fit quelques pas d'une démarche gracieuse. Elle aimait à jouer de son charme et se révélait un atout précieux pour son époux.

— Allons, déclara-t-elle avec un petit rire délicieux. Tu peux résoudre ton problème aisément.

Leur invité leva les yeux vers elle, étonné :

— Comment ? Dis-le-moi !

— Marie-le ! jeta-t-elle d'un air dégagé. Je suis sûre qu'il oubliera vite le jeu, pour s'occuper de son épouse.

Lollius en resta béat d'admiration. Sa femme venait de rebondir avec une incroyable aisance. Dans le jardin, les deux filles retenaient leur souffle. Octavia poursuivit :

---

2. Les garçons devenaient adultes vers seize ans, lors d'une cérémonie que l'on appelait « prise de toge virile ». Après avoir honoré les dieux, les familles présentaient officiellement les adolescents aux citoyens, au forum. Ils revêtaient ce jour-là, pour la première fois, une toge entièrement blanche.

— Il ne manque pas à Pompéi d'héritières d'illustres *gens* qui pourraient l'assagir.

— Mais j'y pense, lança Lollius en se tapant le front de la main, nous avons notre petite Lollia Tertullia ! Elle est en âge de se marier. Je serais comblé si ton neveu et ma fille permettaient à nos deux familles de s'unir.

Appius les regarda l'un après l'autre, surpris. Flairait-il la manipulation ? Non, il n'en avait même pas l'air !

— Quel crétin ! enragea Lollia derrière sa statue. Il ne va pas se laisser prendre à une ruse si grossière ?

Mais leur invité se ratatina sur sa couche :

— Oh, mes amis ! Quel grand honneur… Me proposer votre fille pour ce vaurien.

Le visage de Lollius se fendit d'un grand sourire déjà victorieux.

— Ah mais, quel crétin, pesta de plus belle Lollia. Junon, pria-t-elle, toi qui protèges les femmes, fais qu'il refuse… Fais qu'il refuse !

Appius, mal à l'aise, poursuivit :

— Non, il n'en est pas question.

C'était si inattendu que Lollia manqua se lever pour danser de joie ! Son père, lui, en eut le souffle coupé. Il ne put cacher sa déception. Appius s'en aperçut. Le regard fuyant, il s'excusa :

— Ce serait provoquer le malheur de ton enfant. Je crois sincèrement que mon neveu est irresponsable. J'ai essayé de l'associer à mon entreprise pour lui mettre un peu de plomb dans la cervelle. Il m'a envoyé promener comme un malpropre ! Sais-tu de quoi il rêve ? D'égaler Virgile et Ovide ! Oui, il veut devenir poète ! Mais, en attendant la divine célébrité, il me vole pour aller jouer. Je te le jure, Lollius, il ne fera pas un bon mari.

Devant la mine consternée du patricien, Appius se dépêcha d'ajouter :

— Cela ne change en rien nos liens d'amitié.

Octavia, malgré une évidente contrariété, se mit à rire :

— De toute façon, nous ne comptions pas marier notre fille avant un an. Merci de nous garder ton estime, et sois assuré de la nôtre. À ce propos, mon époux va offrir au peuple, dans quelques jours, une pièce de théâtre, l'*Andria* de Térence. Nous serions très flattés si tu te joignais à nous aux places d'honneur.

Une fois encore Lollius souffla, soulagé, Octavia venait d'effacer d'un mot aimable ce cuisant échec.

— Avec le plus grand plaisir, fit Appius. Et ta compagnie, chère Octavia, me ravira.

— Amène tes neveux, renchérit Lollius. Pompéi n'est pas Rome, mais j'ai engagé une des meilleures troupes de la capitale.

Peu après, le laniste prenait congé. Dehors, sa litière l'attendait. Il s'y coucha et ferma les rideaux. Les crieurs avaient allumé des torches et, tandis que les porteurs soulevaient l'équipage, ils lancèrent dans la rue déserte :

— Place au noble Quintus Appius !

De retour dans sa chambre, Lollia se mit à sauter de joie.

— Il a refusé ! jubila-t-elle. As-tu vu la tête de mes parents ? Ils n'en revenaient pas !

Mais Mustella, assise par terre, rétorqua :

— C'est louche, maîtresse.

— Louche ? Pourquoi ?

Elle se laissa tomber près de son esclave.

— C'est louche, reprit Mustella en hochant la tête, ce qui fit balancer ses boucles d'oreilles dorées. Tu es riche, et de bonne famille. Et cet Appius te refuse ? Alors que tes parents t'offrent sur un plateau et qu'ils se moquent que ce Kaeso soit un bon à rien ?

Lollia en resta bouche ouverte.

— Appius a peur que Kaeso me rende malheureuse, répliqua-t-elle.

— Tu y crois, toi ? se moqua Mustella. Appius est un homme à poigne, qui dirige une grande école de gladiateurs. Pourquoi a-t-il étalé ainsi ses histoires de famille ? Je suis sûre qu'il a joué la comédie ! Chez le graveur de camées, on me l'a dépeint comme quelqu'un de dur avec ses serviteurs et de redoutable en affaires.

Lollia tourna la tête vers sa servante et confirma :

— À moi aussi. Quant à ce Kaeso, tu l'as vu, il n'a pas l'air d'un monstre. Tu as raison, pourquoi Appius refuse-t-il ce mariage ? D'autant qu'il entrerait ainsi dans la famille d'un futur édile.

— Exactement ! Sans compter qu'une fois son neveu marié, il en serait débarrassé.

Lollia se leva, sourcils froncés :

— Tu as raison, c'est louche. Il faut en savoir plus !

— Oh non ! se plaignit la servante. Tu as échappé à ce mariage, n'est-ce pas ce que tu désirais ?

— Bien sûr ! Mais tu viens de piquer ma curiosité. Pourquoi le laniste m'a-t-il refusée ? Pourquoi dit-il tant de mal de son neveu, au lieu de se taire pour cacher sa honte ?

— Maîtresse ! soupira Mustella, l'air accablé. Tu ne vas pas recommencer à commettre des folies ?

— Des folies ? s'indigna faussement Lollia. Fichue insolente ! Ne peux-tu tenir ta langue ? Ai-je l'habitude de commettre des folies ? Non… J'aimerais juste parler à ces frères Lentuli. Pour comprendre.

11

Au théâtre

Un soleil implacable écrasait le théâtre. Malgré le *velum*, la toile tendue au-dessus des gradins, la foule des spectateurs suffoquait.

— Viens, Quintus, mon ami, lança Lollius, en prenant le laniste par le bras pour le mener à une place de choix.

— Merci, Valerius, répliqua Appius avec un sourire en employant le prénom du patricien.

La familiarité semblait au goût du jour !

— Où se trouvent tes neveux ? demanda Octavia. J'aurais aimé les rencontrer.

— Plus haut, avec les citoyens. Tu connais les jeunes, ils préfèrent rester entre eux.

— Notre fille y est aussi, accompagnée d'une servante et de son pédagogue. Il va profiter de cette représentation pour lui inculquer quelques connaissances. Nous tenons à ce qu'elle reçoive la meilleure des éducations.

— Je n'en doute pas.

Les premiers gradins qui entouraient la scène étaient réservés aux patriciens et à l'élite de la cité. Au milieu des toges, on distinguait le chapeau pointu du *flamine*, le prêtre de Jupiter. Quelques dames, vêtues de somptueuses *stolæ* et couvertes de bijoux, s'éventaient gracieusement. Sur les gradins suivants s'asseyait le peuple.

Lollia s'était installée à mi-pente avec Zénon. Les gardes avaient fait déguerpir une famille, afin que la fille de l'organisateur de cette représentation puisse suivre la pièce en toute tranquillité.

Grâce à la générosité de Lollius Venestus, l'entrée du théâtre était gratuite. En deux heures, les cinq mille places avaient été toutes distribuées ! Pour patienter, chacun occupait son temps comme il pouvait. On s'interpellait d'un rang à l'autre, on mangeait, on buvait ou on jouait aux dés.

Zénon, un vieux Grec à barbe blanche, essayait en vain d'intéresser son élève :

— Te souviens-tu de la vie de Térence ?

— Bien sûr ! répliqua Lollia d'un air agacé en se retournant vers les places tout en haut de l'hémicycle.

Les esclaves de basse condition s'y entassaient debout. Mustella se trouvait parmi eux. Zénon, lui, en tant que serviteur de qualité, avait l'autorisation de s'asseoir avec les citoyens, au grand désespoir de

Lollia qui avait tout autre chose en tête que la vie de Térence !

— Alors ? insista-t-il avec gentillesse et patience.

— Térence est un auteur ennuyeux, vieux de deux siècles…, soupira la jeune fille. Je n'aime pas Térence.

Le pauvre homme afficha un air offusqué, mais il ne put répondre. L'édile Cnéius Helvius Sabinus arrivait, le spectacle pouvait enfin commencer.

Bientôt, le public ne fit plus attention à la chaleur. Les acteurs, le visage couvert de leurs masques, jouaient avec talent. Grâce à leurs cothurnes[1], et leurs amples costumes, tout le monde, jusqu'au dernier rang, pouvait les voir.

Zénon, les yeux brillants de plaisir, récitait, en même temps que les comédiens, le texte qu'il connaissait par cœur. Son élève en profita pour observer les spectateurs à sa gauche… Les frères Lentuli s'y trouvaient.

Kaeso était un superbe jeune homme, reconnut-elle de mauvaise grâce. Quant à son frère, Manius, il lui ressemblait beaucoup, avec des cheveux raides et une silhouette longiligne.

— Ah ! lancèrent certains spectateurs.

Les acteurs sortaient de scène pour laisser place à un intermède musical. Ceux qui n'étaient pas amateurs de théâtre se régalèrent de musique et de danse. Zénon en profita pour discuter :

_____
1. Chaussures à hautes semelles compensées.

— Ton auguste père est un homme habile. Payer un tel spectacle augmentera ses chances d'être élu.

Lollia lui montra les premiers gradins du menton :

— Vois comme il est devenu ami avec Appius. Il compte sur lui pour triompher. Grâce aux jeux, il récoltera la moitié des voix. Ajoute à cela quelques distributions de nourriture, et il gagnera les élections.

— Il a raison. Du pain et des jeux, déclara Zénon avec un sourire entendu, c'est la recette du pouvoir.

Soudain un roulement de tonnerre déchira l'air. D'ordinaire, ce bruit signalait l'arrivée d'un personnage de l'Olympe, perché sur un nuage ou sur un char ailé.

— Il n'y a pas de divinités qui descendent du ciel dans l'*Andria* de Térence, s'étonna le pédagogue.

Le sol remuait ! Personne ne s'y trompa. Les musiciens et les danseuses détalèrent en voyant les décors s'entrechoquer.

— Un séisme !

Un mouvement de panique parcourut l'assistance. Certains partirent en courant vers les sorties. D'autres, habitués aux fantaisies des dieux, préférèrent attendre. Zénon et Lollia furent de ceux-là.

Quelques secondes plus tard, le calme régnait à nouveau. Puis, contre toute logique, la foule s'en prit à l'élite de la cité.

— La terre a encore tremblé ! hurla un Pompéien à Sabinus, l'édile en titre, comme s'il en était responsable. Si on avait élu Cuspius Pansa à ta place, nous n'aurions pas tous ces problèmes !

— L'Olympe est en colère ! s'indigna un autre. Que font les prêtres ?

L'édile leva les bras au ciel, réclamant la parole :

— Je ne sais pas plus que vous pourquoi le sol bouge ! Quant à Cuspius Pansa, je suis plus compétent que lui. Je peux vous assurer que les prêtres font sacrifices et offrandes pour apaiser les dieux ! Ne vous alarmez pas et reprenez vos places !

Les musiciens attaquèrent un air joyeux et les danseuses se remirent à virevolter. Mais, dans les gradins clairsemés, la rumeur se propageait :

— Le *flamine* de Jupiter se trouve encore ici. Pourquoi ne court-il pas au temple implorer le dieu ? Les rites ne sont pas respectés, c'est sûr ! On sacrifie des bêtes malades et impures ! Et les prêtres gardent les dons pour eux. C'est pour cette raison que la terre tremble !

À l'orchestre[2] aussi, les commentaires allaient bon train. L'édile Sabinus et Cuspius Pansa, vexé par les propos de son adversaire politique, en venaient aux mains. Leurs femmes et leurs amis prenaient bruyamment parti pour l'un ou pour l'autre, sans que les gardes n'osent intervenir.

Lollius tenta de s'interposer entre les deux hommes, les exhortant au calme, tandis qu'Octavia pleurait de voir « leur » représentation de théâtre tourner au désastre.

---

2. Espace semi-circulaire où prenaient place les personnages officiels.

— Vas-tu bien, maîtresse ? demanda Mustella.

L'esclave avait descendu les gradins clairsemés. Zénon en soupira de soulagement.

— Reste ici, lui demanda-t-il. Je cours voir si le noble Lollius n'a pas besoin d'aide.

Le pédagogue commençait à peine de descendre les marches que Lollia désignait les frères Lentuli.

— Ils sont restés, dit-elle à Mustella. Non, voilà qu'ils partent.

Kaeso et Manius quittaient le théâtre. Les deux filles se regardèrent, puis elles se levèrent d'un même mouvement.

— Ta mère va me tuer, maîtresse, souffla la servante.

— Ne dis pas de sottises. En ce moment, ma mère a d'autres préoccupations.

En bas, les patriciens se bousculaient en s'insultant, devant les acteurs et les danseuses éberlués.

— Ils ne se rendront même pas compte de notre absence, prophétisa Lollia. Ils sont trop occupés !

12

Dans les bas-fonds

Les deux frères avaient gagné la sortie du théâtre. Puis, marchant d'un pas vif, ils traversèrent le forum où quelques Pompéiens affolés s'étaient réfugiés et commentaient la secousse. Au loin, une colonne de fumée s'élevait dans les airs.

— Un incendie ? s'inquiéta Lollia. Des maisons ont dû s'effondrer. Pourvu que la nôtre soit intacte !

À présent, les Lentuli arrivaient devant les thermes. Mais, au lieu de tourner à droite pour rentrer chez eux, ils s'enfoncèrent dans des ruelles puantes.

— Maîtresse ! Ils se dirigent vers la porte d'Herculanum. Es-tu sûre de vouloir les suivre ?

Lollia hésita un instant, avant de répondre d'un air bravache :

— Qu'avons-nous à craindre ? Au moindre souci, nous ferons demi-tour.

Bientôt, les belles rues bordées de boutiques firent place à des maisons délabrées. Au milieu de la chaussée, des poules faméliques se disputaient de quoi manger dans des tas d'ordures.

— Ça sent le poisson pourri ! se plaignit Lollia.

— C'est à cause des fabriques de *garum*. Il y en a plusieurs dans ce quartier.

Quelques matrones entourées de marmots discutaient au milieu du passage.

— Une partie du toit s'est écroulée, déclara une femme enceinte. J'ai failli être assommée par une tuile. C'est pas demain la veille que le propriétaire le réparera, je vous l'dis !

— La prochaine fois, on prendra la maison sur la tête ! clama une autre au maquillage voyant.

Puis elle s'avança vers Lollia pour la toiser :

— Qu'est-ce qu'elle nous veut, celle-là ? Elle se croit au spectacle chez les pauvres ?

Les deux filles pressèrent le pas en fixant le sol. Les Lentuli, eux, poursuivaient leur route. Mustella se tourna vers sa maîtresse :

— Il faudrait les rattraper. Ce quartier ne m'inspire pas confiance.

Aussi stupide que cela paraisse, Lollia n'avait aucun plan, seule une énorme curiosité l'animait. Elle observa le voisinage avec dégoût. À elle non plus, il ne plaisait pas.

— Tu as raison, dit-elle en se mettant à courir. Rejoignons-les.

Elles arrivèrent à un carrefour. Cinquante pas plus loin, les frères passaient près d'un entrepôt. À la surprise de Mustella, Lollia s'arrêta brusquement :

— As-tu entendu ce bruit ?

Un coup de sifflet avait retenti non loin d'elles, bref, aigu. Il provenait d'une curieuse charrette garée dans la ruelle qu'elles s'apprêtaient à traverser. La voiture transportait ce qui ressemblait à une grande caisse couverte d'une bâche.

— Regarde ! s'écria la servante.

Elle pointait du doigt le toit de l'entrepôt, juste au-dessus des Lentuli.

— Qu'est-ce donc ?

Elles entrevirent comme la queue d'un long serpent noir qui flottait dans l'air. En un battement de paupière, elle avait disparu. Puis un nouveau sifflement se fit entendre.

— Partons, maîtresse ! s'affola l'esclave. Mon cousin Pandion m'a dit qu'un lémure se promenait sur les toits.

Elles allaient décamper lorsque trois hommes, sortis de nulle part, bondirent sur les frères Lentuli ! Vêtus de tuniques courtes, les muscles noueux et les cheveux ras, ils ressemblaient à des galériens évadés.

Lollia se mit à hurler de peur :

— Il faut leur porter secours !

— Reste à l'abri, maîtresse. J'y vais !

— Folle ! Reste ici !

Mais Mustella se jeta courageusement en avant[1]. Deux des trois assaillants s'en prenaient à Kaeso, le frappant avec une incroyable violence au visage et au ventre, sans qu'il puisse se défendre. Le troisième avait ceinturé Manius qu'il se contentait de maintenir à distance.

Mustella sauta sur le dos du troisième qui, surpris par l'assaut, laissa filer Manius. Faible victoire ! Le truand rugit et envoya la jeune servante voltiger contre le mur.

— Attention ! cria Lollia.

L'un des hommes sortait un couteau ! Kaeso se débattit avec l'énergie du désespoir. Par chance, son frère parvint à frapper l'agresseur avant qu'il le poignarde ! La lame vola, mais les coups ne cessèrent pas pour autant.

— À l'aide ! À l'aide ! hurla Lollia de plus belle.

Elle tambourina aux portes à s'en faire mal aux poings. Enfin quatre esclaves sortirent de l'entrepôt. Voyant les patriciens mis à mal, ils se saisirent de pelles pour frapper les agresseurs qui finirent par s'enfuir.

— Ah les sauvages ! s'indigna un ouvrier qui empestait le poisson pourri. Vous ont-ils volé quelque chose ?

Manius fit signe que non. Sourcils froncés, il se pencha sur Kaeso, inconscient, le visage couvert de sang.

---

1. Un esclave devait porter secours à un homme libre, même s'il n'était pas son maître.

— Sans vous, déclara-t-il, mon frère serait mort. Avez-vous vu comme ils l'ont frappé ?

Un ouvrier le repoussa pour nettoyer d'un linge humide le visage du blessé et Manius se releva en soupirant.

— Connaissais-tu ces hommes ? demanda Lollia qui s'était approchée.

Il observa les deux filles, sourcils froncés. Sans doute était-il étonné de croiser une patricienne et sa servante, seules dans un quartier si populaire.

— Non, répondit-il enfin, le regard fuyant. Ce n'était que des voleurs...

Lollia amorça une moue guère convaincue. Pourquoi des voleurs s'en seraient-ils pris seulement à Kaeso, au lieu de dépouiller les deux jeunes gens et s'enfuir ? Non, ils avaient sûrement été agressés pour une autre raison. Elle fit pourtant mine de le croire :

— Quelle chance qu'ils ne vous aient rien dérobé.

Puis elle poursuivit :

— Avant que vous ne soyez agressés, nous avons entendu une chose étrange. Quelqu'un, dans une charrette garée non loin, lançait des sifflements.

— Ils devaient nous guetter, soupira Manius. Des complices les ont sûrement prévenus que nous approchions.

Kaeso reprenait conscience. Il se dressa sur les coudes, l'air perdu. Son frère se précipita pour l'aider à se relever. Il tâta ses membres, inquiet, puis il lui annonça avec soulagement :

— Tu t'en tires à bon compte. Tu n'as rien de cassé.

Seul un énorme bleu commençait à marquer la pommette gauche du jeune homme, et sa lèvre saignait. Après avoir remercié les ouvriers, le blessé s'approcha de Lollia avec une grimace de douleur.

— Merci pour ton aide.

— Je te reconnais ! lança tout à coup Manius. Tu es la fille de ce patricien qui a offert la pièce de théâtre. Tu étais accompagnée d'un vieil homme. Ton pédagogue, n'est-ce pas ? Les gardes ont fait se lever une famille afin que vous puissiez vous asseoir.

— Effectivement, avoua-t-elle, mon père est Valerius Lollius Venustus. Lui et Quintus Appius se connaissent.

Au nom de leur oncle, elle vit les frères serrer les poings. Ils la dévisageaient à présent avec méfiance. Elle s'empressa d'ajouter :

— Puis-je vous parler ? Vous n'avez rien à craindre de nous.

13

Au thermopolium

Ils gagnèrent en silence la voie de l'Abondance, la longue rue qui traversait la cité. Au loin, le Vésuve se découpait sur le ciel, ses flancs couverts de forêts, de champs et de vignes.

Kaeso s'arrêta devant un *thermopolium*, une taverne ouverte sur la rue.

— Je sais qu'il n'est pas correct qu'une jeune fille vienne dans ce genre d'endroit, dit-il à Lollia, mais nous y serions à l'aise pour parler.

— Tant pis pour les convenances ! fit-elle en riant.

Elle n'était jamais entrée dans un *thermopolium*. Ces commerces n'étaient fréquentés que par le peuple.

Curieuse, elle détailla les lieux. Des jarres étaient encastrées dans le comptoir en forme de *L*. On y conservait des plats chauds aux odeurs alléchantes : l'une d'elles contenait du poulet aux figues, une autre de la purée de pois chiches au lard et à l'ail, une autre encore du bœuf au chou. Au-dessus pendaient saucisses, saucissons et jambons, au milieu de chapelets d'oignons.

— Il n'y a personne ? s'inquiéta-t-elle ensuite en voyant le local désert.

De derrière le comptoir leur parvint un rire.

— Je suis là ! s'écria une femme en se relevant, les bras chargés de vaisselle cassée. La secousse de tout à l'heure a fait tomber mes étagères... Mais ne vous enfuyez pas, les murs sont solides ! Que puis-je vous servir ?

Kaeso se tourna vers Lollia :

— Je viens ici de temps en temps. Puis-je te conseiller du vin mêlé d'eau et de miel ? Si tu as faim, il y a d'excellentes olives au fenouil. Avec du pain et du fromage de chèvre, elles sont succulentes.

— Un peu de vin me suffira, dit-elle en se dirigeant vers une table minuscule.

— Ton esclave peut s'asseoir avec nous, lui glissa Manius. Elle le mérite. Enfin... si tu le permets, bien sûr.

Mustella était restée en retrait, dans un coin de la taverne. Lollia remarqua alors que les garçons portaient quatre gobelets. La chose était peut-être courante à Rome mais ici, à Pompéi, les maîtres ne sympathisaient pas en public avec leurs serviteurs. Elle jeta un rapide coup d'œil à l'extérieur avant d'accepter.

— Assieds-toi, Mustella, ordonna-t-elle. Et surtout, de retour à la maison, n'en dis rien à personne.

Sa servante acquiesça. Un peu gauche et émue, elle prit place avec eux. Kaeso pressa alors Lollia :

— Tu souhaitais me parler ?

— Figure-toi, se lança-t-elle, que mon père voulait que je t'épouse.

Kaeso manqua s'étouffer !

— Je fais tout pour nous éviter ce malheur, reprit-elle avec une incroyable franchise.

— Quoi !

— Mustella est même allée se renseigner sur toi.

— Tu m'as fait espionner ? s'indigna-t-il ensuite.

— Oui. J'espérais découvrir un lourd secret qui aurait empêché cette union. Hélas, tu n'as qu'un défaut, le jeu.

— En quoi cela te concerne-t-il ? s'emporta Manius à son tour. Si mon frère veut jouer, c'est son droit !

Lollia s'esclaffa aussitôt :

— Ah mais, je n'y vois aucun inconvénient ! Lorsque mon père a proposé cette alliance à Quintus Appius…

— Mon oncle a accepté ? la coupa Kaeso. Ce ne serait pas étonnant de sa part de me faire subir une telle humiliation !

— Merci, répliqua-t-elle, vexée. Il existe pourtant de pires sorts que de devenir mon époux ! Mais revenons à notre histoire. Chose incroyable, Appius a refusé.

Elle fut ravie de voir la stupéfaction se figer sur leurs visages.

— Incroyable, tu l'as dit, répéta Kaeso. Et, quelle explication a donné mon oncle ?

Elle se redressa sur son tabouret et commença son énumération :

— Que tu joues, que tu le voles pour payer tes dettes, que tu es à demi fou, que tu feras mon malheur, que tu es un poète raté, que tu es indigne de recevoir la toge virile...

Les deux frères émirent des protestations, de plus en plus fort, au fur et à mesure qu'elle dressait sa liste.

— Assez ! l'interrompit l'intéressé. Qu'a-t-il besoin de me dénigrer ainsi aux yeux de tous ?

Il semblait abasourdi.

— C'est faux ! s'écria Manius. Kaeso n'a pas reçu la toge, il y a deux ans, car nous avons appris le décès de notre père en Judée, huit jours avant les Liberalia[1]. Notre mère a annulé la cérémonie à cause de notre deuil. Seulement la pauvre s'est éteinte à son tour cette année. L'oncle Quintus a alors estimé plus convenable de repousser la prise de toge de mon frère à l'an prochain. Il ne s'agit pas d'une sanction !

Lollia ne savait pourquoi, mais elle était toute prête à le croire. Kaeso expliqua plus calmement :

---

1. Fête en l'honneur du dieu Liber Pater qui avait lieu chaque année le 17 mars. C'est ce jour-là que la plupart des jeunes gens prenaient la toge virile.

— Notre oncle est très dur avec nous. À notre arrivée à Pompéi, il a exigé que nous travaillions avec lui. Comme cela ne nous plaisait pas, il est entré dans une colère noire ! À Rome, nous suivions des études, mais il a refusé que nous les continuions ici. Depuis, je n'ai plus le droit de posséder le moindre argent, hormis quelques sesterces, et je peux à peine sortir.

— Pour ton bien, paraît-il, le coupa Lollia. Appius craint que tu dilapides ton héritage au jeu, s'il t'en accordait la jouissance.

Mustella leva timidement un doigt :

— Seigneur Lentulus... Sans vouloir offenser ton auguste famille... Si ton oncle n'avait pas une raison importante, il ne te dénigrerait pas ainsi.

Puis pensant en avoir trop dit, Mustella retint son souffle et rentra la tête dans les épaules. Par chance, Kaeso ne sembla pas s'offusquer de ses propos et Manius reconnut d'une voix mal assurée :

— Tu as vu juste, esclave. Il y a une autre raison. Raconte-la, mon frère. Après tout, tu n'as aucune honte à avoir.

Un étrange silence s'installa. Aucun des deux n'osait parler. Le cadet finit par expliquer :

— Kaeso voudrait se marier. Il a rencontré une jeune fille, Sylvia, dont il est amoureux.

Le pouls de Lollia bondit. Heureusement qu'Appius avait rejeté cette alliance ! Sans quoi elle aurait eu un fiancé qui en aimait une autre.

— Vénus te comble, lui dit-elle avec bonne humeur.

— Hélas non. Le père de Sylvia n'est qu'un petit fabricant de *garum*. Mon oncle estime que ce serait une grave mésalliance. Il m'a refusé son accord. Alors, j'ai décidé de m'enfuir avec elle.

Les deux filles lancèrent un même cri de stupéfaction !

— Pourquoi ne pas attendre de revêtir ta toge virile ? rétorqua Lollia. Tu deviendrais majeur et tu pourrais épouser qui tu veux. Si ta Sylvia t'aime, elle patientera.

C'était la voix du bon sens, mais Kaeso secoua la tête.

— Sa famille projette de la marier à un autre. Leur fabrique de *garum* vivote et son père cherche un gendre fortuné qui renflouera son affaire.

Il fallait être follement amoureux pour braver ainsi famille et société. Finalement, Lollia enviait cette Sylvia d'avoir un tel amoureux, prêt à tout pour elle.

— J'ai décidé de jouer le peu que nous possédons, expliqua-t-il, afin de gagner de quoi nous enfuir et vivre cachés jusqu'aux prochaines Liberalia. Alors, Manius recevra sa toge virile.

— Une fois majeur, continua ce dernier, je récupérerai ma part d'héritage. Ensuite, j'aiderai Kaeso à recouvrer la sienne, même s'il faut, pour cela, traîner notre tuteur en justice.

— Par deux fois, reprit l'aîné, j'ai presque atteint mon but en remportant assez d'argent, mais mon oncle m'a surpris et me l'a enlevé.

— Quelle bêtise ! s'exclama Lollia sans se démonter. Laisser la chance guider tes pas, c'est stupide ! Tu n'y arriveras jamais.

— Ne me juge pas ! Je ne sais plus que faire, ni quel dieu implorer.

— Je pense comme toi, Lollia, reconnut Manius. Jouer est idiot. J'ai proposé à mon frère de voler notre oncle. Ce n'est pas moral mais, après tout, nous ne ferions que récupérer notre bien. Seulement, il refuse.

— Jamais je ne ferais une telle chose ! Quelle honte !

— Et ces hommes qui t'ont agressé ? demanda-t-elle. Qui étaient-ils ? Pas des voleurs, en tout cas !

Kaeso toucha sa pommette violacée :

— Sylvia a un riche prétendant. Il connaît mon existence. C'est sûrement lui qui les a payés. Il a dû se dire qu'après un avertissement musclé, je lui céderai ma place sans faire d'histoire.

— Un avertissement ? L'un d'eux jouait du couteau.

— Tu as raison. Sans doute voulaient-ils m'infliger plus qu'une correction.

Elle allait reparler de l'étrange charrette, lorsque Kaeso se leva brusquement. Il se précipita dans la rue, à la rencontre d'un homme en tunique brune qui accourait.

— C'est Bubo[2], l'esclave de Sylvius, lança Manius.

Le serviteur possédait d'immenses yeux ronds, d'où le nom dont on l'avait affublé. Il gesticulait, comme

2. Le hibou.

affolé par la nouvelle qu'il venait délivrer. Puis il attendit.

Kaeso s'en revint, sombre et inquiet :

— C'est Sylvia qui l'envoie. La fabrique de son père s'est effondrée peu après la secousse. Un ouvrier est mort et toute la production de *garum* est perdue. Allons-y, Manius !

— Pourras-tu rentrer sans escorte ? demanda ce dernier à Lollia. Et permets-tu que nous passions prendre de tes nouvelles dès demain ?

— Bien sûr ! répondit-elle aux deux questions.

Puis elle se mordit les lèvres, horrifiée.

— Non ! s'écria-t-elle. Pas chez moi ! Pouvez-vous me rejoindre... au temple de Jupiter, demain vers midi ?

— Entendu, approuva Manius tout en partant à reculons. Il me tarde déjà de te revoir, ajouta-t-il avec un sourire.

— Au temple de Jupiter..., s'inquiéta Mustella, une fois les deux frères disparus. Mais, maîtresse, comment ferons-nous pour y aller ?

— Nous trouverons bien ! Je ne veux pas qu'ils me rendent visite à la maison. Ce serait avouer que nous nous connaissons. À présent, retournons vite au théâtre !

14

Au temple de Jupiter

Le lendemain vers midi, Mustella pesta :

— Dans quels ennuis vas-tu encore nous entraîner !

— Dans aucun ennui. Je veux juste connaître la suite de cette histoire.

Lollia mit sa *palla* sur sa tête, légèrement en arrière, avec coquetterie, afin que l'on voie un peu ses cheveux. Puis elle ouvrit la porte de sa chambre :

— J'ai demandé ce matin à aller prier Junon. Or, le temple de Junon est aussi celui de Jupiter, et mes parents ne peuvent pas me refuser cette sortie. Une fois sur place, nous parviendrons bien à nous débarrasser de Zénon. C'est une bonne idée, non ?

Les Lollii les attendaient dans l'*atrium* en compagnie du pédagogue.

— Zénon, déclarait Lollius, voici cinq cents sesterces. Tu les offriras au temple de ma part.

— Sur place, précisa Octavia, dis-le bien fort, afin que l'on t'entende. Après le fiasco d'hier, cette marque de piété fera oublier cette lamentable représentation de théâtre.

Lollius Venestus se tourna alors vers son épouse :

— Tu as raison, quel échec ! En plus d'un don aux dieux, organisons aussi un grand banquet ? J'ai appris que le préfet de la flotte, Pline, venait d'arriver pour inspecter les navires. Il est très savant, et très influent à Rome. Nous dirons que le repas est en son honneur.

— Oui ! approuva-t-elle. Donne-moi trois jours. Je lui enverrai un messager aujourd'hui même. Invitons trente convives parmi les plus riches. Je louerai des esclaves cuisiniers et quelques jeunes beautés pour assurer le service. Et, pour distraire nos invités, n'oublions pas des musiciens, des danseuses et des comédiens.

— Partons-nous ? s'impatienta Lollia qui craignait de manquer son rendez-vous.

— Bien sûr ! lâcha Lollius en se tournant vers le vieux Grec. Va, Zénon, mon brave, et prends soin de ma fille.

Le temple de Jupiter Capitolin s'élevait à l'entrée du forum, entre deux grandes portes de pierre aux arcs voûtés. Lollia, Zénon et Mustella trouvèrent le *flamine* devant l'autel, assailli par des fidèles mécontents.

— Ma maison s'est effondrée, braillait un homme. Ai-je mis les dieux en colère ?

— L'eau des fontaines sent le soufre ! s'interposa une femme. On peut à peine la boire !

— Mon maître, clama à son tour Zénon, le seigneur Lollius Venestus, veut faire une offrande au temple.

Personne ne l'écouta. L'homme qui avait perdu sa maison bouscula le *flamine* en un geste sacrilège.

— La secousse d'hier a provoqué six morts, sans parler des blessés ! Il y a dix-sept ans, tout a déjà commencé comme ça, et ton prédécesseur n'a rien fait ! Pompéi a été à moitié détruite à cause de sa négligence ! Qu'attends-tu pour organiser des sacrifices ?

De son côté, Lollia cherchait les Lentuli dans la foule. Enfin, sous la colonnade du marché, elle aperçut…

— Manius ! s'écria-t-elle.

Comme le pédagogue tentait vainement d'attirer l'attention du prêtre, elle en profita pour descendre les marches du temple en toute hâte, sa servante sur les talons.

À sa grande surprise, le jeune homme l'entraîna par le bras derrière un pilier.

— Je crois qu'un homme me suit, déclara-t-il, la mine sombre. Observe ce grand costaud brun à barbe rousse, celui qui regarde la devanture du potier.

103

Lollia pencha la tête et jeta un œil :

— Eh bien, proposa-t-elle. Pour en être sûrs, avançons. Nous verrons bien s'il nous suit.

— Si vous le permettez, fit Mustella, j'ai une idée.

Son cousin Pandion passait non loin d'eux. Marchant nonchalamment les mains dans le dos, il surveillait les étalages. Elle l'appela d'un geste. Lorsqu'il arriva près d'eux, la servante lui glissa à voix basse :

— Voici ma maîtresse, la noble Lollia Tertullia. Et voici le seigneur Manius Lentulus Calvus. Nous avons un problème.

Au nom du patricien, Pandion dressa l'oreille. Les jeunes gens avaient l'air si inquiet qu'il demanda :

— Quel genre de problème ?

— Cet homme…, poursuivit Mustella en désignant le grand costaud. Il suit le seigneur Lentulus. Et déjà hier, après la représentation…

— Non ! ordonna Lollia pour la faire taire.

— Si, maîtresse. Nous devons lui en parler.

Lollia se mordit les lèvres, avant de raconter avec réticence :

— Hier, nous avons quitté le théâtre sans permission. Dans le quartier des fabricants de *garum*, nous avons aperçu des choses étranges : une ombre noire qui courait sur les toits, et une charrette qui sifflait. Tout de suite après, trois brutes s'en sont pris à mes amis. Et voilà qu'aujourd'hui, Manius est espionné.

— Les connaissiez-vous ? demanda l'esclave public en se tournant vers le jeune patricien.

— Non. Par chance, des ouvriers les ont mis en fuite. Celui qui m'espionne aujourd'hui ne faisait pas partie de nos agresseurs, je l'aurais reconnu.

Pandion se pencha et observa l'homme avec attention. Effectivement, il semblait patienter, bras croisés. Après un court instant de réflexion, l'esclave public proposa :

— Partez sans vous retourner et, lorsqu'il vous suivra, je l'arrêterai pour l'interroger. Cela vous donnera le temps de vous débarrasser de lui. Retrouvons-nous dans quelques minutes à la porte des thermes du forum.

Lollia posa sa main sur son bras. Elle lui glissa, inquiète :

— Puis-je compter sur ta discrétion ? Si mes parents apprenaient cette escapade, cela aurait de graves conséquences pour ta cousine et pour moi.

Pandion soupira avant de répondre, compréhensif :

— Je ne dirai rien. Mais toi, cesse donc tes bêtises. Dans ton intérêt et celui de Mustella. Partez, à présent.

À peine s'étaient-ils éloignés, que l'autre se mettait en marche en boitillant. L'esclave public, sortant de derrière le pilier, l'arrêta net :

— Puis-je connaître ton nom ? fit-il aimablement.

Le barbu se dégagea, mais Pandion le bloqua de nouveau avec un grand sourire.

— Moi, je suis Pandion, de la garde urbaine. Je veille à la sécurité de ce marché. Je vois que tu aimes les poteries. Tu en fabriques, peut-être ?

— Laisse-moi ! Tu me déranges !

105

Tandis qu'il répondait, ses yeux fixaient le dos de Manius qui disparaissait dans la foule. L'esclave public reprit, en lui barrant le passage :

— Non, tu n'es pas artisan… Avec une telle carrure, tu dois être gladiateur.

Ses mots, prononcés à dessein, sonnaient comme une flatterie. Pandion aperçut une lueur furtive étinceler dans le regard de l'homme. Il avait frappé juste.

— Je l'étais, reconnut-il. J'ai été blessé dans l'arène. Depuis je traîne un peu la jambe.

Pandion hocha la tête, l'air compatissant.

— Et à présent, que fais-tu ? Ton maître t'a gardé, au moins ? C'est comment ton nom, déjà ? Et ton maître, comment il s'appelle ?

— Je me nomme Burrus, soupira l'homme devant l'avalanche de questions. Mon maître, c'est Sertor, un affranchi du noble Quintus Appius. Je m'occupe d'animaux dans un vivarium[1]. Que me veux-tu ? s'énerva-t-il ensuite. Ai-je commis un délit ?

— Aucun, répondit Pandion.

Il le laissa aller et ricana :

« Ainsi, Quintus Appius fait suivre son neveu par l'intermédiaire de son affranchi. Sertor aurait dû choisir quelqu'un d'autre. Ce Burrus est un vrai âne ! »

Il regarda le boiteux partir, mais les jeunes gens étaient déjà loin.

---

1. Endroit où on gardait les bêtes sauvages en vue des jeux.

— Hier, quand mon oncle a vu Kaeso rentrer en sang, raconta Manius sur le chemin des thermes, il en est devenu fou furieux et il l'a enfermé.

— Il fallait s'y attendre !

— Quant à l'entrepôt de Sylvius, il n'est plus que ruines. Mon frère lui a proposé son aide, mais il l'a refusée. Figure-toi qu'il nous a annoncé une nouvelle incroyable. Ah, l'ordure !

Lollia s'arrêta pour le regarder. Manius imita le fabricant de *garum*. Il se frottait les yeux, comme s'il pleurait :

— « Il ne me reste plus rien, à part ma fille... » Ensuite, il a supplié les dieux, et finalement il s'est lamenté qu'il n'avait pas d'autre choix...

— Pas d'autre choix que quoi ? s'inquiéta-t-elle.

— Il va vendre Sylvia au plus offrant.

Lollia retint son souffle. Il arrivait que des hommes couverts de dettes se vendent, ou vendent femme et enfants. La loi les y autorisait. Les plus chanceux pouvaient racheter leur famille, plus tard, quand ils en avaient de nouveau les moyens.

— Il la mettra aux enchères ? dit-elle.

— Oui, dans trois jours, au coucher du soleil, dans les décombres de la fabrique. Il va annoncer la nouvelle à tous les prétendants de Sylvia.

— Elle en a donc tant que ça ?

— Elle est très belle. De nombreux hommes riches la courtisent. Sylvius a vite compris l'intérêt qu'il pouvait tirer des attraits de sa fille ! Il va tous les mettre en compétition.

Lollia en resta bouche bée. Elle souffla, compatissante :

— Pauvre Sylvia…

— Et pauvre Kaeso, renchérit Manius. Mon frère est désespéré. Imagines-tu ? Celle qu'il aime sera vendue, et il ne peut participer aux enchères !

Ils arrivaient déjà à la porte des thermes. Des baigneurs y entraient en discutant, d'autres en sortaient, parfumés d'huiles odorantes.

— J'aurais… un service à te demander, dit Manius.

Voyant son air indécis, elle hocha la tête pour l'encourager à parler, et il reprit avec gêne :

— Ton père ne peut-il intervenir auprès de mon oncle, afin que Kaeso ait l'autorisation d'acheter Sylvia ?

Lollia ébaucha une grimace. Cette démarche lui parut aussi illusoire qu'inutile. Elle s'excusa :

— Mon père a besoin d'Appius. Crois-tu qu'il se risquerait à le contrarier, en se mêlant de vos affaires de famille ? Je le connais, il est gentil, mais pas stupide.

— Alors, tout est perdu.

La jeune fille réfléchit. Elle lui lança :

— Non, pas encore. Me fais-tu confiance ?

Après quelques instants, Manius répondit :

— Oui, je pense.

— Attention ! les prévint Mustella. Voilà Pandion.

Lollia poursuivit à voix basse entre ses dents :

— Je n'ai pas le temps de t'expliquer… Passe ce soir chez le graveur de camées qui tient boutique au pied de ta maison. Je tâcherai de t'y faire porter un message.

Puis ils se tournèrent vers l'esclave public qui les rejoignait :

— Alors ? Qui était-ce ? demanda Manius.

— Un ancien gladiateur, lança Pandion d'un ton plein de sous-entendus. Il appartient à Sertor, un affranchi de Quintus Appius. Rassure-toi, tu n'es victime d'aucun complot. Ton oncle ne cherche qu'à te protéger en toute discrétion.

— Merci pour ton aide, fit Lollia. Je vais retourner au temple, auprès de mon pédagogue. Il doit sûrement s'inquiéter de ne plus m'y voir.

— Voilà une sage décision. Viens, je te raccompagne.

Ils saluèrent le jeune patricien. Puis, faisant demi-tour, Pandion poussa les deux filles devant lui.

Manius, resté seul, était devenu blême. Sertor ! pensa-t-il. Son oncle le faisait suivre par l'intermédiaire de Sertor… Cela ne présageait rien de bon.

— Père, déclara Lollia à peine de retour à la maison. Tu devrais te dépêcher d'aller choisir tes gladiateurs. Tes adversaires aux élections offriront des jeux, eux aussi. Ils pourraient te souffler les meilleurs combattants.

Lollius Venestus parut surpris de l'intérêt de sa fille pour ses projets politiques, mais il acquiesça aussitôt :

— Tu as raison. Je me rendrai dès demain à la caserne.

— Puis-je t'accompagner ?

Ses parents se lancèrent un regard. Lollia, de son côté, accentua son sourire d'un air innocent.

— Bien sûr, approuva sa mère. Ainsi, le peuple constatera combien notre famille est unie.

Puis elle ajouta d'un ton enjoué :

— Je vous laisse, j'ai un banquet à préparer. Je pars dévaliser les marchands du forum… Je veux acheter tout ce qu'il y existe de meilleur. J'ai prévu des loirs confits, des escargots, des langoustes, un agneau rôti, quelques murènes farcies au lard, des salades et, pour finir, des pâtisseries au miel.

À peine fut-elle sortie que Lollius soupira, ravi :

— Ta mère est merveilleuse, elle pense à tout. Demain, en début d'après-midi, nous nous rendrons à la caserne pour rencontrer mon ami Appius. Après quoi, j'irai aux thermes du forum en compagnie de mes clients. Nous y convaincrons les baigneurs de voter pour moi.

Sa fille se fendit d'un large sourire avant de prendre congé. Une fois chez les gladiateurs, elle avait décidé de parler au laniste en tête à tête, pour plaider la cause de Kaeso et de Sylvia…

15

À la caserne

Ils partirent à pied peu après midi. Six clients, choisis parmi les commerçants les plus influents de Pompéi, les escortaient.

— Il faut au moins cela, expliqua Lollius à sa fille en arrangeant les plis de sa toge. C'est à la qualité de son cortège que l'on juge qu'un candidat est respectable.

La chaleur était suffocante, mais il souhaitait être vu et reconnu. Lollia, elle, aurait mille fois préféré se rendre à la caserne en litière. Et encore, pensa-t-elle, elle n'avait pas à se plaindre, Mustella tenait une ombrelle qui la protégeait du soleil !

Elle pesta davantage lorsque son père décida de parcourir la voie de l'Abondance. Il voulait leur faire admirer, sur les murs, les graffitis tracés par des let-

111

tristes, des peintres spécialisés dans l'art des inscriptions.

— « *Votez Valerius Lollius Venestus, il est honnête* », lut Lollia à voix haute. Joli…

— Comment cela « joli » ? C'est parfait ! se rengorgea son père. Et celle-ci : « *Votez Lollius Venestus. Il fera baisser le prix du pain…* » Ces lettristes m'ont coûté cher, mais je ne le regrette pas. Ils ont su louer les murs des maisons les plus en vue pour y inscrire mes messages.

Après maints saluts aux passants, ils arrivèrent enfin à la caserne. L'endroit, une vaste esplanade entourée de colonnades, faisait les délices des promeneurs qui venaient y admirer leurs héros de l'amphithéâtre.

Des gladiateurs de toutes sortes, ainsi que deux gladiatrices[1], se mesuraient à la lutte, ou maniaient des épées de bois. D'autres, des rétiaires, lançaient des filets lestés de plombs sur des mannequins, tandis que les *venatores*, les chasseurs, s'essayaient au lancer de javelot sur des cibles. Des entraîneurs dirigeaient l'exercice, hurlant des ordres, promettant des punitions aux moins audacieux, et des récompenses aux plus brutaux et aux plus habiles.

Lollius et son cortège trouvèrent Appius en marge du terrain, à surveiller ses hommes.

---

1. Chaque gladiateur avait ses caractéristiques. À partir du règne de Néron, quelques femmes libres commencèrent à combattre comme gladiatrices ou *venatores*.

— *Ave*, Quintus ! s'écria-t-il en ouvrant les bras pour le serrer contre son épaule. Je viens choisir mes combattants.

Le laniste lui fit admirer ses recrues et déclara d'un ton aimable :

— Observe-les, Valerius. Prends ton temps. Quand tu seras décidé, rejoins-moi dans mon bureau, là, sous la colonnade, près de ces cages à animaux.

Lollia le regarda s'éloigner. Appius n'avait pas fait dix pas qu'un homme brun d'une trentaine d'années l'abordait. Ils partirent ensemble en direction du local.

— Père ! s'écria-t-elle. Je vais voir les bêtes !

Lollius ne lui répondit pas. Il jaugeait avec ses clients la musculature d'un mirmillon coiffé d'un casque grillagé.

— Viens, glissa-t-elle à sa servante. Dès qu'Appius sera seul, je lui parlerai.

— Crois-tu qu'il t'écoutera ?

— J'espère bien ! En tout cas, j'essayerai de le convaincre de laisser Kaeso acheter Sylvia. Je lui dirai que son neveu est sur le point de s'enfuir. Et si Appius préfère que son nom soit associé au scandale d'un enlèvement, qu'il continue donc à faire la sourde oreille !

L'entrée du bureau leur apparut un peu plus loin, face à l'escalier de bois qui desservait l'étage. Une minuscule fenêtre donnant sur le promenoir était ouverte.

En attendant la sortie du visiteur, elles s'approchè-rent des cages. En fait d'animaux, il n'y avait qu'un jeune sanglier et un daim affolé. Ils serviraient sans doute à l'entraînement des *venatores*, puis au repas des gladiateurs. Il n'y avait vraiment pas de quoi s'extasier, mais elles s'accroupirent devant, avec tous les signes du plus grand intérêt.

— Maîtresse... Écoute ! souffla Mustella en mon-trant de son index la fenêtre toute proche.

La voix d'Appius retentit :

— Tu l'as déjà manqué à trois reprises !

Son interlocuteur s'excusa :

— Nigritia ne l'a pas attaqué la première fois, car il ne portait pas son manteau. La deuxième, c'est un marin qui l'avait sur le dos. Je l'ai assommé, mais des fêtards sortaient du cabaret, je n'ai pu l'enlever. Quant à la troisième... Il y avait trop de monde dans cette ruelle. Mes hommes lui ont tout de même donné une bonne correction.

Lollia saisit le bras de Mustella. Une sensation de malaise montait en elle. Appius répondit, furieux :

— Si seulement ils avaient accepté de s'associer avec moi... Liquide-les tous les deux, Sertor. J'ai besoin de leur argent. La réouverture des jeux appro-che. Il me faut acheter des champions connus, sans quoi je perdrai tous mes *editores*[2] ! Si je n'étoffe pas rapidement mon équipe par des recrues de choix, je vais y laisser mon école et ma réputation !

_____
2. Organisateurs des jeux.

114

— Ne peux-tu vendre une terre, ou une ferme ?

Appius s'énerva :

— Tous mes biens sont entre les mains des prêteurs sur gages. Non, il faut que je me débarrasse d'eux ! Kaeso passe déjà pour demi-fou. Je dirai qu'il s'est enfui, et qu'il a entraîné son frère.

Sertor soupira, puis il proposa :

— Bien, maître. Fais en sorte qu'ils se rendent à la fabrique, dans deux jours. Mes hommes les enlèveront. Ensuite, ils les conduiront au vivarium. Là-bas, il me sera aisé de m'en débarrasser.

— Et s'ils parvenaient à s'enfuir ?

— Tu as raison, ne prenons pas de risques. Verse du liquide de la fiole sur leurs tuniques. Nous amènerons Nigritia. S'ils nous échappent, elle les retrouvera. De toute façon, ces deux imbéciles ne rateront pas la vente de ma Sylvia, si tu leur en offres l'occasion !

Appius se mit à rire :

— Tu as raison.

Lollia retint son souffle. « Ma » Sylvia ?

— Je désire Sylvia plus que tout, reprit Sertor. Grâce à toi, maître, ton neveu n'a pas un sou et je remporterai les enchères sans peine.

Lollia agrippa plus fort le bras de sa servante. Le rival en amour de Kaeso, celui qui l'avait fait rosser par ces brutes, c'était donc lui ? Un proche d'Appius ? Mais oui, tout s'expliquait !

— Bientôt, poursuivit-il en riant, je serai le plus heureux des hommes. Sylvia ne m'aime pas, mais elle

115

oubliera vite son Kaeso à mes côtés. Je ferais tout pour cela. Quant à toi, maître, après la mort de tes neveux, tu deviendras de nouveau riche.

Lollia laissa échapper un cri ! Accroupie sous la fenêtre, elle dut s'appuyer au mur afin de ne pas tomber.

— Qu'est-ce donc ? s'inquiéta Appius.

La servante s'empressa d'agir :

— Vite, partons !

Elle tira Lollia vers la palestre, au soleil. Les deux filles se postèrent, tremblantes, près des deux gladiatrices qui s'entraînaient. Mustella se dépêcha d'ouvrir l'ombrelle pour en couvrir sa maîtresse et, dans leurs dos, elles entendirent Sertor déclarer près des cages :

— Ce n'est rien, seulement le daim qui sent la mort. Ces animaux sont très sensibles. Maître ! Ton acheteur arrive...

Appius, qui avait rejoint Sertor sous la colonnade, lui ordonna :

— En plus des gladiateurs, il veut des lions, des gazelles et un éléphant. Surtout, vends-lui les animaux à bas prix. Il deviendra sans doute édile et nous sera utile.

Les deux filles s'empressèrent de regagner l'escorte. Par chance, Appius et Sertor, occupés par leur conversation, ne remarquèrent rien.

— Alors, fit aimablement Appius à l'attention de Lollius, as-tu choisi ?

Sans attendre sa réponse, il présenta son compagnon :

116

— Voilà Sertor, mon affranchi. Il a grandi avec les lions, à Rome. Son père était le meilleur dresseur de l'empereur Néron. Il a la main habile avec les bêtes, et il peut t'obtenir toutes celles que tu désires.

Le patricien salua le marchand de fauves du menton. Après quoi, il se tourna vers Appius, l'air déçu :

— J'ai trouvé mes six paires, mais à grand-peine, car tes recrues sont des esclaves jeunes et sans expérience.

— Ils apprennent vite, le rassura aussitôt le laniste. De plus, ils savent que, s'ils ne combattent pas avec courage, je les ferai fouetter et marquer au fer rouge. En général, cette menace leur donne des ailes.

Lollius soupira. Un gladiateur qui se battait par peur des représailles n'était pas un bon combattant.

— Je n'ai pas que des esclaves à te proposer, insista Appius. As-tu vu mes hommes libres[3] ? Ils sont déterminés et veulent devenir rapidement riches et célèbres.

— Encore faut-il qu'ils gagnent ! railla Lollius.

Le laniste lança alors d'un ton faussement jovial :

— En fait, mon ami, je t'ai gardé quatre combattants exceptionnels. Ils n'ont encore jamais été battus. Que dirais-tu d'avoir Fortunatus et Ursus ?

---

3. Certains gladiateurs étaient des hommes libres, attirés par la gloire et les primes accordées aux vainqueurs. Engagés sous contrat pour une durée de trois à cinq ans, les plus habiles et les plus chanceux quittaient la profession riches et célèbres.

— Fortunatus et Ursus ? répéta Lollius, les yeux brillants de convoitise. Il n'y a pas meilleur qu'eux dans toute la région ! Comme je ne les voyais pas, je pensai que tu les avais vendus.

— Ils s'entraînent chez moi, à l'écart, car leurs admiratrices ne cessent de les importuner. Tu sais comme certaines femmes se jettent au cou des gladiateurs ! C'est mauvais pour leur concentration. Que dirais-tu d'Aquila et de Vindex, mes deux autres champions invaincus ? Je te loue les quatre pour cinq mille sesterces chacun, une misère ! Ils en vaudraient dix mille à Rome. Les huit autres, je t'en fais cadeau.

Lollius parut étonné de tant de générosité. L'autre le prit par le bras pour le mener à l'écart.

— Un jour, lui glissa-t-il, tu seras édile, j'en suis sûr. Aussi, je veux te soutenir de mon mieux dans ta campagne électorale… Et toi, en retour, une fois élu, tu pourras faire de moi le laniste le plus célèbre de Pompéi.

Finalement, tout allait pour le mieux, jubila Lollius. Il n'avait même pas eu besoin de marier sa fille ! À présent, il lui fallait cultiver cette amitié aussi intéressante qu'intéressée. Il souffla au laniste :

— Je donne un banquet dans deux jours. Le préfet de la flotte, Pline, sera mon hôte d'honneur. Je serai très flatté de te compter parmi mes invités.

— Pline ? Quelle chance ! Je viendrai, naturellement.

Sertor, qui était resté muet jusque-là, demanda avec respect au patricien :

— Serais-tu disponible demain, noble Lollius, afin de choisir tes animaux ? Mon maître m'a dit que tu souhaitais un éléphant. Il me faudrait m'en occuper au plus tôt...

— Demain ? Parfait.

16

Au vivarium

Le soleil était levé depuis deux heures lorsque le petit chariot bâché de rouge de Lollius quitta Pompéi par la porte de Nola.

Aujourd'hui, nul besoin de clients pour parader. Il se rendait au vivarium de Sertor, et il n'y aurait aucun électeur à impressionner. Aussi le véhicule s'éloigna-t-il en direction de la montagne, dans la plus grande discrétion.

Le patricien, vêtu d'une simple tunique et coiffé d'un chapeau à large bord, s'était assis à côté du cocher. À l'arrière, bien protégés du soleil, se trouvaient Lollia, Zénon et Mustella.

La jeune fille commençait à prendre de l'assurance dans ses activités d'espionne. La veille, elle avait demandé à accompagner son père au vivarium, ce qu'il avait accepté sans l'ombre d'un soupçon. Zénon avait également approuvé, car cette visite ferait, selon lui, une excellente leçon sur la nature.

Elle espérait profiter de cette sortie pour contacter les frères Lentuli. Dès que le chariot arriverait à la nécropole[1], Mustella prétexterait un malaise afin de rentrer seule à la maison. La servante passerait chez le graveur de camées et y laisserait un message.

— Tu ne l'as pas oublié ? souffla Lollia pour la dixième fois depuis leur départ.

Elle jeta un coup d'œil au vieux pédagogue qui, sous la chaleur, somnolait, bouche ouverte.

— Non, maîtresse, répondit Mustella à voix basse.

Elle lui montra la petite tablette de cire pliée en deux qu'elle gardait dans sa bourse, pendue à sa ceinture. Lollia y avait inscrit, à l'attention de Kaeso et Manius, que leur oncle voulait leur mort et qu'il les ferait enlever par son affranchi au cours de la vente de Sylvia, demain, au coucher du soleil.

Les premières tombes apparurent. C'étaient pour la plupart de pauvres sépultures marquées d'une pierre ou d'une simple tuile gravée.

— Es-tu prête ? fit tout bas Lollia.

_____

1. « Cités des morts ». Les cimetières se trouvaient aux portes des cités. Les familles riches y possédaient des tombeaux construits au bord des routes. Parfois pourvus de plusieurs pièces, on y honorait les morts par des cérémonies et des offrandes. Les pauvres se contentaient d'une urne enterrée au pied d'un arbre et couverte d'une pierre.

L'esclave acquiesça de la tête. Elle fit aussitôt mine de se tenir le ventre à deux mains, le visage douloureux. Lollia tapa sur l'épaule de son père :

— Fais arrêter la voiture !

Tandis que le cocher tirait sur les rênes, le patricien se retourna.

— Que se passe-t-il ?

— Ma servante est malade. Peut-être vaut-il mieux qu'elle retourne à la maison ? Ne lui imposons pas ce voyage... Vois comme elle souffre !

Pour donner plus d'éclat aux paroles de sa maîtresse, Mustella lâcha des gémissements, la bouche tordue, les doigts crispés sur son estomac.

— Oh, oui, maître ! parvint-elle à dire. Laisse-moi descendre. Je vais rentrer à pied.

Zénon, réveillé en sursaut, se redressa.

— Maître, dit le vieil homme. Autant qu'elle reste couchée au fond du chariot. Nous trouverons bien, au vivarium, quelque potion à lui faire boire.

Lollia tenta de protester, Mustella aussi, mais le patricien approuva :

— Zénon a raison. Les vivariums sont réputés pour employer des médecins[2]. Ils s'occupent des lions mieux que s'ils étaient des hommes. Ils soigneront ta servante.

_____

2. Les premiers vétérinaires n'apparurent qu'au IVe siècle. Ils soignaient les animaux de valeur, principalement les chevaux, les bœufs ou les moutons.

Les deux filles se regardèrent d'un air navré : leur plan tombait à l'eau ! Tout en pestant, Mustella dut s'allonger. Le pédagogue, plein d'attention, enleva même son *pallium* pour lui en faire un oreiller.

— Ainsi, tu seras plus à l'aise.

Le chariot repartit en cahotant, tandis que Lollia réfléchissait à un autre moyen de délivrer le message.

Au bout de deux heures de route, le cocher ralentit devant une ferme que rien ne distinguait des autres. Perchée sur le flanc est du Vésuve, elle était entourée de vignes, de bois et de champs de blé.

— Nous voilà arrivés, leur lança le cocher.

Depuis le chemin, on bénéficiait d'une vue sur Pompéi et sur la mer, belle à couper le souffle. En se retournant vers l'intérieur des terres, on pouvait apercevoir, dans la plaine, le hameau d'Octavianum et, au loin, la route de Nola qui menait à Rome.

À peine entrés dans la cour, ils furent pris à la gorge par une odeur forte et entendirent des rugissements de fauves.

Sertor courut les accueillir. Comme Appius lui avait recommandé de se montrer agréable, il s'empressa de leur proposer des rafraîchissements et un peu de repos à l'ombre.

— La servante de ma fille est souffrante, expliqua Lollius. Un soigneur pourrait-il la soulager ? Je te paierai, naturellement.

— Il s'en occupera gratuitement, répondit Sertor en se courbant avec respect.

Il fit un geste et un grand costaud brun à barbe rousse sortit de l'ombre. Les deux filles échangèrent un regard en reconnaissant l'homme qui avait espionné Manius au forum.

— Burrus ! Emmène la servante à l'infirmerie, ordonna-t-il.

Puis, se tournant vers son visiteur, il expliqua :

— Burrus est mon bras droit. C'est un ancien gladiateur, mais il comprend les fauves presque aussi bien que moi.

Mustella le suivit avec méfiance, tout en se demandant quelle maladie elle allait inventer, et quel traitement le médecin des animaux lui infligerait en retour.

Sertor les reçut dans un *atrium* modeste peint en blanc et orange, au sol de mosaïques géométriques. Là, il leur proposa à boire du vin mêlé de miel et d'eau fraîche, servi par une vieille femme.

— Un vrai régal après ce voyage dans la poussière ! le remercia le patricien en faisant claquer sa langue.

Lollia avait la gorge nouée. Elle savait que sous ses airs de sympathique marchand, Sertor n'était qu'un criminel. Inquiète pour sa servante, elle cherchait un moyen de la rejoindre. Et si le médecin était un homme dangereux ? Et le barbu, les avait-il reconnues ? Elle but malgré tout son gobelet afin de ne pas paraître impolie.

— J'entends rugir tes fauves, lança Lollius avec un grand sourire. Que possèdes-tu comme autres animaux ?

Sertor répondit avec fierté :

— Des gazelles superbes, des daims, des zèbres, trois autruches, quelques léopards et, bien sûr, huit lions, dont trois avec de magnifiques crinières. Veux-tu les voir ?

— J'en serai heureux.

Ils ressortirent sous le soleil de plomb, et gagnèrent une grange où de grandes cages se succédaient.

— Ces deux-là viennent de Numidie, expliqua le marchand. Ces bêtes sauvages sont capturées par des chasseurs très courageux. Beaucoup y laissent leur vie. Malheureusement, la moitié des animaux, eux aussi, périssent durant le long voyage qui les amène en Italie. Comme ils arrivent au port d'Ostie, près de Rome, effrayés et maigres, on doit les remettre sur pieds avant de les revendre aux organisateurs de jeux. C'est ce qui explique qu'un lion à crinière coûte neuf fois le prix d'un bon gladiateur.

Lollius retint son souffle. C'était ce que valait une ferme ! Et encore, une belle, avec des vignobles et des oliviers autour.

— Comment as-tu débuté dans cette profession ? demanda-t-il. Je suppose qu'il faut beaucoup d'argent pour acheter les bêtes, même maigres, aux marchands d'Ostie.

Sertor se rengorgea :

— Mon père était déjà du métier. Il avait compris que, si les animaux sauvages vivaient dans de bonnes conditions de vie, ils se reproduisaient en captivité. Personne avant lui n'y avait pensé. La plupart des professionnels recherchent des lions adultes, que l'on peut faire combattre tout de suite dans l'arène. Moi j'élève mes fauves et j'attends deux ans avant de les vendre. Les nourrir pendant deux ans coûte bien moins cher que de les ramener d'Afrique ! Bien sûr, cet élevage nécessite de grandes connaissances que je garde jalousement. Ce secret de famille a fait ma fortune.

Dans les cages, une quinzaine de fauves tournaient en rond. Ils s'agitèrent en sentant les inconnus, feulèrent, rugirent, et ouvrirent des gueules impressionnantes.

— Compte tenu de la valeur de ces animaux, continua Sertor, j'ai acheté un excellent médecin grec. Il veille sur leur santé nuit et jour, comme sur celle d'enfants de rois. Il en répond sur sa vie.

L'odeur était affreuse, Lollia se boucha le nez. Elle eut un haut-le-cœur en reconnaissant, entre les pattes d'une lionne, un bras à demi dévoré. Sa mine épouvantée fit rire le marchand :

— Mes fauves ne mangent que de la chair humaine. Ainsi, ils sont plus agressifs et attaquent l'homme plus facilement dans l'arène. C'est un signe de qualité.

Lollius, lui, ne s'en formalisa pas. Au contraire, il demanda d'un air intéressé :

— Où trouves-tu de quoi les nourrir ?

— On ne manque pas de cadavres. Rien que dans les mines de tuf, il meurt deux à trois esclaves par jour. Nous rachetons leurs corps une misère.

— C'est ingénieux. Personnellement, je paye les funérailles de mes serviteurs. La plupart ont travaillé pour ma famille leur vie durant, je leur dois bien cela.

Une fois encore le marchand se courba :

— Tu es un bon maître. Mais, heureusement pour moi, d'autres ne le sont pas.

En un éclair, Lollia se rappela les propos de Sertor à Appius, la veille, à la caserne : « Je ferai enlever tes neveux par mes hommes le soir de la vente de Sylvia. Ils les conduiront au vivarium. Là-bas, il me sera aisé de m'en débarrasser... » Elle imaginait à présent quel sort leur serait réservé ! Le cœur au bord des lèvres, Lollia gagna la sortie, une main sur la bouche.

Son père l'excusa :

— Ma fille est sensible. Elle n'a encore jamais assisté à des jeux avec des mises à mort. Voir un fauve déchiqueter de la viande humaine l'écœure.

— Cela lui passera, répondit Sertor en riant. L'ambiance, le sang, l'odeur de la mort qui rôde... On prend rapidement goût au spectacle des arènes. Je te parie que, dans un an, ta fille soupirera comme les autres pour les beaux yeux et les exploits des gladiateurs.

Le patricien approuva, tandis que le vieux Zénon faisait la grimace. Il avoua, de son air de professeur taciturne :

— Vous les Romains, adorez ces jeux sanglants. Mais, nous les Grecs, nous ne les apprécions guère. Après trente ans passés à Pompéi, je ne m'y accoutume toujours pas.

Lollius et Sertor se regardèrent avec connivence, et le marchand d'animaux ricana, plein de fierté :

— Les Romains ont conquis tous les pays de la Méditerranée, et même ceux des Barbares du Nord. Il faut pour cela des vertus guerrières que ne possèdent plus les Grecs. C'est pour cette raison que nous vous avons soumis si facilement. Nos enfants ne sont pas éduqués comme des mauviettes.

— Sauvages…, bougonna tout bas le pédagogue en s'éloignant vers une cage où un léopard blessé, maigre à faire peur, dormait en haletant.

— Il a reçu une flèche lors de la dernière chasse dans l'arène, expliqua le marchand. Par chance, mon médecin l'a sauvé. Il vaut cher, et servira encore une fois.

— Barbares…, pesta de nouveau Zénon dans sa barbe.

Personne ne l'entendit. Lollius s'extasiait sur un lion à l'énorme crinière et aux monstrueux crocs jaunes.

— Cinquante mille sesterces, annonça Sertor. Mais pour toi, ce sera trente mille… si tu décides de le tuer. S'il rentre intact au vivarium après les jeux, je te le loue gratis.

Devant l'air ébahi du patricien, il ajouta avec un regard complice :

— Lorsque tu seras édile, nous trouverons bien à nous arranger…

Lollius approuva. Puis il réfléchit tout haut :

— L'édile me fournira bien quelques condamnés à mort à exécuter… Cela amusera sûrement le peuple de les voir courir pour échapper aux lions, et de les entendre hurler quand ils seront sous les griffes des fauves… Je prends toutes tes bêtes, et je te les rendrai vivantes ! En revanche, je paierai tes gazelles, tes daims et tes sangliers pour une chasse avec des *venatores*.

— À présent, parlons de ton éléphant…

17

Lollia se retrouva dans la cour. La vision de ce bras humain dévoré par un fauve lui avait donné la nausée. Elle en frissonnait encore, malgré la chaleur ! Sertor était un monstre ! Son père s'était laissé influencer par ses sourires mielleux, tout comme il avait été dupé par ce fourbe d'Appius.

Un peu désorientée, elle chercha du regard le bâtiment où Mustella avait été emmenée. Par la porte entrouverte, elle aperçut la servante.

— Vas-tu bien ? s'inquiéta-t-elle en la rejoignant.

Elles se trouvaient dans un local empli de bouquets d'herbes sèches pendus au plafond. Sur une table, des instruments de chirurgie étaient alignés méticuleusement. Dans un brasero brûlaient des branches de lauriers, sans doute pour camoufler les odeurs de fauves.

Tout à coup un homme apparut, sortant d'une pièce fermée par une tenture. Chauve, vêtu d'une courte tunique brune, il arborait un grand sourire. Il portait à la main un gobelet empli d'une boisson fumante.

Voyant Lollia, il demanda aimablement :

— Tu es sûrement la maîtresse de cette jeune fille. Elle me semble en parfaite santé. Je pense que ce sont les cahots de la route qui lui ont causé ce léger malaise.

— Es-tu médecin ? s'inquiéta-t-elle.

— Oui, même si je n'en ai pas l'air. Je me nomme Nicias. Le destin m'a rendu esclave.

Elle observa sa tenue. Un médecin libre aurait porté une tunique raffinée sous une toge élégante.

— Ainsi habillé, fit-il en suivant son regard, je suis à l'aise pour soigner les animaux. Mais, à vrai dire, mon maître Sertor n'a guère besoin de mes services. Il est plus compétent que moi. Et je n'ai jamais vu un dresseur si habile ! Avec lui, les fauves les plus dangereux deviennent obéissants et doux comme des agneaux.

Il ajouta pour la servante :

— Voici une tisane d'anis et de camomille. Cela calmera tes douleurs.

Puis il lui fit boire la potion.

— Je me sens mieux, balbutia Mustella en lui rendant le gobelet vide. Merci de m'avoir soignée. Un peu d'air frais me fera le plus grand bien.

— De l'air ? reprit le médecin avec une grimace. Hélas, ici il n'y en a pas ! L'odeur des bêtes couvre tout. Mais tu as raison, marche un peu. Va voir les gazelles, elles sentent moins mauvais que les lions.

Mustella approuva. Elle attrapa Lollia par la main et l'entraîna au dehors. Mais elles n'avaient pas fait trois pas que les deux filles se tournaient l'une vers l'autre, et déclaraient ensemble :

— Tu ne sais pas ce que j'ai appris...

Elles se turent, étonnées, et Lollia commença :

— Ils nourrissent les fauves avec des humains.

Mustella acquiesça :

— Dans la pièce d'où sortait Nicias, j'ai vu des cadavres. Oh ! C'était horrible ! J'ai cru m'évanouir !

Lollia lui serra le bras, et la servante continua :

— Le médecin m'a affirmé que c'était des esclaves, morts de leur belle mort. Sertor l'oblige à vérifier qu'ils n'ont pas péri d'une maladie infectieuse, car il craint pour la santé de ses lions. Un serviteur les découpe ensuite pour en nourrir les fauves.

— Je crois que c'est le sort qui attend les Lentuli si nous ne les prévenons pas, ajouta Lollia d'une petite voix.

Elle s'arrêta tout à coup. Burrus, le barbu, les observait depuis la porte de la maison. Elle se dirigea avec Mustella vers l'enclos des herbivores et lui souffla :

— Il m'a regardée bizarrement tout à l'heure.

Une barrière fermait un champ planté d'oliviers. Une vingtaine de gazelles et quelques daims y vivaient en liberté. Au fond, un autre parc renfermait des sangliers, puis plus loin, un autre abritait de curieux grands oiseaux à long cou.

Un jeune garçon, une fourche sur l'épaule, les aborda :

— Bonjour, je me nomme Kémès. Je vais apporter du foin aux bêtes. Voulez-vous les voir manger ?

Un pagne égyptien lui ceignait les hanches, son torse brun était nu et il portait des cheveux noirs attachés sur la nuque. Tout comme le médecin, il ne semblait ni dangereux, ni agressif.

Lollia acquiesça pour se donner une contenance, tandis que la servante regardait derrière elles si Burrus les observait. Hélas, c'était le cas.

— Elles mangent du foin ? demanda Lollia d'un ton faussement intéressé.

— En été, l'herbe est grillée par le soleil, expliqua le soigneur. Elle ne suffit pas à nourrir mes gazelles. Si on veut qu'elles courent et qu'elles sautent dans l'arène, il faut qu'elles soient en bonne santé.

Le garçon avait l'air navré. À n'en pas douter, il aimait ses animaux, et le sort qui les attendait lui déplaisait. Puis il haussa les épaules, fataliste, et partit vers une grange aux portes grandes ouvertes. Les deux filles le suivirent.

Dans la pénombre, Lollia s'arrêta net. Une charrette était rangée, avec un coffre à l'arrière couvert d'une bâche. Le cœur battant, elle venait de reconnaître le véhicule croisé le jour de l'agression des Lentuli.

Elle se tourna vers Kémès :

— Quelle drôle de carriole ! À quoi sert-elle ?

Tout en plantant sa fourche dans le foin, il expliqua :

— À transporter des animaux. Avez-vous vu Nigritia ? Elle l'adore ! Elle la prend pour sa niche !

— Qui ? souffla-t-elle d'une voix tremblante.

Nigritia ! Ce nom, Sertor l'avait prononcé lors de sa conversation avec Appius, à la caserne.

— Nigritia, reprit l'Égyptien, c'est…

— Que faites-vous là ? tonna la voix de Burrus.

Elles sursautèrent, ce qui sembla beaucoup amuser l'ancien gladiateur. Il ordonna d'une voix ferme :

— Sortez ! Noble Lollia, poursuivit-il ensuite d'un ton plus aimable, ton père et ton pédagogue te cherchent.

Dehors, le patricien s'extasiait devant les gazelles et les daims, tandis que Sertor lui proposait :

— Je connais un peintre qui te fabriquera de beaux décors, ainsi que des affiches pour annoncer les jeux. Ton nom y figurera en gros et en rouge.

— Ce serait parfait, soupira Lollius, satisfait. Qu'est-ce donc là-bas ? demanda-t-il ensuite en désignant une espèce de remise à l'écart.

Il s'y dirigeait déjà, mais Sertor l'en détourna.

— Rien d'intéressant. Un endroit où j'isole les bêtes qui viennent d'arriver. Je crains les épidémies. Suis-moi, noble Lollius, je vais te montrer mes autruches.

Puis il appela le barbu :

— Burrus ! Rentre… les animaux dans leurs cages.

L'homme acquiesça et partit en boîtillant, tandis que le marchand entraînait ses visiteurs dans la direction opposée. Ils entendirent alors un coup de sifflet.

Lollia et Mustella se regardèrent. Le même sifflement que le jour du théâtre ! Le sifflement qui avait prévenu les agresseurs de l'arrivée des jeunes gens !

Une heure plus tard, après avoir réglé tous les détails de cet achat exceptionnel, Lollius, sa fille et ses serviteurs repartirent en direction de Pompéi. Depuis les flancs du Vésuve, le patricien, radieux, admira la cité, la campagne alentour si belle, et la mer d'un bleu merveilleux. Il était heureux comme un enfant !

— Quels jeux grandioses je vais donner ! répétait-il. Quelle chance d'avoir de si bons amis !

Zénon, lui, soupira :

— Tuer des gens et des bêtes par plaisir... Quelle barbarie. Hélas, Lollia, j'aurais aimé te donner une leçon sur la nature très différente. Cette visite m'a profondément dégoûté de l'espèce humaine.

Puis il se tourna vers la servante :

— Vas-tu bien ? Le médecin t'a-t-il soignée ?

Tandis que Mustella répondait, Lollia ferma brusquement les yeux au souvenir du bras à demi dévoré. Et, une fois encore, elle se demanda comment porter un message à Kaeso et Manius avant qu'il ne soit trop tard.

18

Le lendemain

— Expliquons tout à tes parents, conseilla la servante. Nous ne pouvons plus garder ce secret pour nous.

— Non ! s'écria Lollia. Ce serait avouer nos escapades, et on te vendra !

— Ne peux-tu raconter que tu es sortie seule ?

— Ils clameront aussitôt que tu as manqué de vigilance, que tu n'as pas su me surveiller, et tu seras quand même vendue.

À l'idée de perdre Mustella, les larmes lui montèrent aux yeux. Lollia fit mine de regarder par la fenêtre de sa chambre, afin que l'esclave ne remarque pas sa peine.

— Enfin, maîtresse, deux innocents vont périr ! Ils partiront ce soir pour la fabrique de *garum* sans se douter de ce qui les attend.

— Crois-tu que je n'en ai pas conscience ? De toute façon, je suis sûre que mes parents ne nous écouteront pas. Mon père compte sur Appius et Sertor pour gagner ses fichues élections ! Il faut trouver un plan.

Mustella avait entendu ces mots au moins cent fois. Plus facile à dire qu'à faire. Des plans, elles en avaient imaginé beaucoup depuis qu'elles avaient surpris Appius à dévoiler ses projets !

Hélas, les dieux n'étaient pas avec elles. La servante avait tenté à plusieurs reprises de sortir, sans succès. Elle s'était proposée pour faire des courses, cela n'avait pas marché. Pire, Rufinus, l'intendant, l'avait affectée au ménage. Le banquet en l'honneur de Pline se préparait. Il fallait nettoyer la maison dans les moindres recoins, astiquer les meubles, laver les mosaïques des sols à grande eau. Les serviteurs habituels n'y suffisaient pas.

Lollia demanda alors à sa mère à acheter un camée :

— Comme je ne peux sortir seule, emmène-moi en litière. Cela ne te prendra qu'une heure.

— Est-ce bien le moment de faire des caprices ? la rabroua Octavia. Ne vois-tu pas que je prépare un festin capital pour l'avenir de ton père ? À ce propos, je veux que tu portes ta *stola* de soie blanche brodée d'argent. Et tu mettras tous tes plus beaux bijoux. Entre les bracelets, le collier et les boucles d'oreilles, compta sa mère, il y en a pour plus de cinq mille sesterces. Il est important que nous montrions notre richesse.

L'heure du bain approchait. Lollia se dirigea vers les petits thermes familiaux, le visage sombre. Enroulée dans une serviette et chaussée de socques de bois pour ne pas se brûler les pieds, elle gagna le *sudatorium*, un local surchauffé. Dans le fond était aménagé le bassin d'eau chaude. Après avoir transpiré quelques minutes, elle s'y trempa, puis elle passa dans la pièce contiguë, plus fraîche, pour se délasser dans le bassin tiède.

Sa mère s'y trouvait. Allongée sur une table, elle venait de se faire épiler et soupirait de bien-être tandis qu'une servante massait les muscles de son dos. Comme sa fille restait murée dans un profond silence, Octavia proposa :

— Si tu veux vraiment ce camée, nous irons demain. Le banquet sera passé, j'aurai plus de temps. Inutile de m'imposer une si triste figure.

La masseuse fit couler de l'huile dans ses mains pour en enduire le dos de sa maîtresse. Puis elle racla sa peau avec un strigile pour en ôter les impuretés, qu'elle essuyait au fur et à mesure sur une serviette.

Lollia, de son côté, réfléchissait. Peut-être, comme le lui avait suggéré Mustella, était-il temps de tout avouer.

— Mère…, tenta-t-elle. Si je te disais qu'Appius est un criminel, que ferais-tu ?

Octavia se mit à rire :

— Appius pourrait être la gorgone Méduse en personne, que je le remercierais encore. Ton père va atteindre son but grâce à lui. Il sera un jour le premier

139

édile de sa *gens*. Que reproches-tu à Appius ? continua-t-elle d'une voix railleuse.

— Rien, mère, soupira Lollia.

Il était inutile de poursuivre la conversation. Ses craintes se confirmaient : ses parents avaient trop besoin du laniste. Lollia sortit du bassin d'eau tiède pour se faire masser à son tour, et chercha une autre solution.

Une fois revenue des thermes, la jeune fille retrouva Mustella. Libérée du ménage par l'intendant, elle s'activait pour préparer les vêtements de sa maîtresse.

— J'ai trouvé ! annonça Lollia. Je vais provoquer un scandale au banquet. Trente convives seront là, dont le grand Pline de Rome… et Appius. On m'entendra !

— Si tu fais une telle offense à ton père, s'écria la servante, il te reniera !

— Le temps presse ! Dans deux heures, les boutiques fermeront. Manius et Kaeso n'auront pas le message ! Ils se rendront à la vente et seront tués !

— J'ai une idée. En ce moment, les commerçants livrent tout un tas de marchandises pour le repas, par l'entrée des écuries. La surveillance sera sans doute moins stricte que d'ordinaire. J'y vais !

— Parfait ! s'écria Lollia en riant de soulagement. Elle tendit la tablette à sa servante.

— Et si je suis prise ? murmura cette dernière.

— Si ce malheur arrive, je ferai tout pour te racheter plus tard, je le jure ! Pars vite, je me préparerai seule. Personne ne se doutera de ton absence.

Mustella allait franchir la porte lorsque Lollia, émue, se précipita pour la serrer contre elle :

— Bonne chance. Passe me voir dès ton retour, afin de me donner des nouvelles.

Au rez-de-chaussée, la maison était en ébullition, les esclaves couraient en tous sens. Lollius Venestus comptait beaucoup sur la réussite de ce banquet. De nombreux appuis lui seraient offerts s'il recevait ses invités avec faste. Les serviteurs en étaient conscients : il en allait de l'honneur de la *gens* et de l'avenir de leur maître.

Mustella traversa l'*atrium* d'un pas ferme, puis gagna le corridor qui menait aux cuisines. Le personnel que l'on avait loué s'activaient déjà aux fourneaux. Un peu plus loin, dans un recoin des écuries, les comédiens s'habillaient, tandis que les chanteurs s'échauffaient la voix et que les danseuses s'exerçaient.

Voilà, se dit-elle en déglutissant. Devant elle, la porte cochère était grande ouverte et dégagée.

— Mustella ! cria l'intendant dans son dos.

Elle s'arrêta, s'attendant presque à ce que la foudre de Jupiter lui tombe sur la tête. Elle se retourna craintivement, le souffle bloqué. Puis, dans un sursaut d'orgueil, elle décida de faire face : qu'avait-elle à craindre ? Elle n'était même pas encore sortie !

— Mustella, poursuivit Rufinus. Va dans l'entrée, quelqu'un souhaite te parler.

Le cœur battant, la servante regagna le corridor des cuisines. Qui l'attendait ? Que devait-elle faire du message ? Elle jeta un œil vers le vestibule et aperçut Pandion.

À coup sûr son cousin venait raconter leurs escapades au père de Lollia. Voilà, se dit-elle au bord des larmes, elle croupirait bientôt aux champs, après vingt bons coups de fouet et dix jours d'ergastule.

Soudain quelqu'un la bouscula violemment. Le fautif, au lieu de s'excuser, lui lança avec colère :

— Tu n'as rien d'autre à faire que de bayer aux corneilles ? Je dois acheter de l'encens avant la fermeture des boutiques, sinon le maître ne pourra pas honorer les dieux devant ses invités ! Tu me retardes, sale vipère !

C'était Élias. Une idée germa aussitôt dans l'esprit de Mustella. Elle l'agrippa par le bras.

— Vois-tu cette tablette ? dit-elle d'un air suppliant. S'il te plaît, il faut la porter tout de suite chez le graveur de camées de la voie de Capoue. Il doit la remettre, ce soir même, aux seigneurs Lentuli.

Mais Élias la repoussa avec mépris.

— Me prends-tu pour ton larbin ? Je n'ai pas d'ordres à recevoir de toi !

— Si, insista-t-elle en plantant ses ongles dans son poignet, ce qui le fit crier de douleur. Je te dis que tu vas porter ce message, sinon je raconterai à Rufinus que tu as une liaison avec Lucia.

Élias lui arracha la tablette et déclara d'un air mauvais :

142

— D'accord. Mais ne me menace plus jamais, sans quoi, moi aussi, je parlerai de Lollia Tertullia à son père.

Une fois le serviteur disparu, il fallut quelques instants à Mustella pour retrouver son calme. Puis, elle partit tête basse vers Pandion.

— Quelle animation ! lança-t-il. Si j'avais su que Lollius Venestus organisait une fête, je ne serais passé que demain. Mais… Te voilà bien pâle, remarqua-t-il avec inquiétude. Es-tu souffrante ?

La jeune fille préféra en finir. Elle le regarda fièrement.

— Tu viens rapporter à mes maîtres que nous sortons sans permission, n'est-ce pas ?

Des larmes commençaient à rouler sur ses joues. Pandion soupira :

— Je suis un esclave public intègre. Si tu avais commis un délit, je t'aurais dénoncée, sans l'ombre d'un remords. Mais tes bêtises sont bien innocentes, et tu les as exécutées sur l'ordre de ta maîtresse, j'en jurerais.

Il effaça du bout des doigts ses pleurs et sourit :

— Je suis venu car je me suis rappelé les mots prononcés par la noble Lollia Tertullia. Comme je ne peux l'interroger sans alerter ses parents, j'ai décidé de te questionner, toi.

— Alors… Je ne serai pas punie ?

— Pas à cause de moi, en tout cas. Lollia Tertullia a dit que vous aviez vu une ombre noire. Raconte-moi cela en détail. Voilà quelques jours, plusieurs personnes m'ont signalé un lémure qui hanterait les toits. J'aimerais résoudre cette curieuse énigme.

Mustella, soulagée, se mit à rire elle aussi :

— À vrai dire, je n'ai aperçu qu'une forme noire, souple comme la queue d'un serpent qui flotte. En un clignement d'œil, elle avait disparu !

Pendant un instant, elle se demanda si elle devait lui parler des menaces contre les frères Lentuli. Non, estima-t-elle. Élias allait transmettre le message, il était inutile de compromettre davantage sa maîtresse. Et puis, Lollius en serait furieux ! Appius n'était-il pas devenu son ami et son allié ?

Elle raccompagna son cousin jusqu'à la porte, puis courut tout raconter à Lollia qui s'habillait pour le banquet.

19

Pendant ce temps, chez Appius

Le soir tombait. Dans la petite cour intérieure de la maison d'Appius, les exercices des gladiateurs s'éternisaient. Le maître était parti banqueter chez Lollius Venestus, mais un entraîneur le remplaçait, brutal et exigeant. On l'entendait hurler, mécontent des résultats.

— Allons-y, fit Kaeso à son frère en dévalant l'escalier.

Yeux cernés, épaules basses, il avait peu dormi depuis deux jours, tant il s'inquiétait pour Sylvia.

— Honorons d'abord les dieux, reprit-il. Nous aurons besoin de leur soutien. Après quoi, nous partirons chez Sylvius.

Faute d'argent, Kaeso avait décidé de se rendre ce soir à la vente, et d'enlever la jeune fille avant le début

145

des enchères. Armé d'un poignard et avec l'aide de Manius, leur fuite était possible.

Les deux frères se glissèrent dans le *tablinum*, où était installé l'autel dédié aux lares[1] du foyer. Manius lâcha un cri de surprise. Près de l'entrée, sur une petite table à plateau de marbre, se trouvait une bourse en cuir largement ouverte. Elle était garnie de sesterces.

— As-tu vu ? L'oncle Quintus a oublié de la ranger dans son coffre. N'est-ce pas un signe ?

Kaeso serra les lèvres et, même si l'argent lui semblait très tentant, il lâcha fièrement :

— Je ne veux rien de lui ! Honorons les dieux.

À côté des petites statues des lares en bronze étaient placés les masques mortuaires de leurs ancêtres, et celui plus récent de leur père. Kaeso s'inclina avec respect.

— Maîtres ?

Séréna, la servante, se tenait derrière eux, silencieuse et triste, comme à son ordinaire.

— Maîtres, reprit l'esclave, le nez au sol, peut-être aimeriez-vous savoir que le seigneur Appius a versé de son philtre magique sur les tuniques que vous portez.

Les deux frères se regardèrent.

— Merci de nous avoir prévenus, dit Kaeso. Nous nous changerons, même si ce sortilège n'a aucun effet sur nous.

---

1. Dieux chargés de protéger chaque maison et chaque famille.

La fille s'apprêtait à partir, lorsque Manius l'arrêta :

— Séréna, nous allons sortir. Il se peut que demain matin notre chambre soit vide. S'il te plaît, pourras-tu garder le silence ? Il te suffira de poser le petit déjeuner et de repartir.

La servante hocha la tête :

— Je me tairai. Maître Kaeso, j'ai appris par Fortunatus que celle que tu aimes allait être vendue ce soir.

— C'est vrai.

— Je sais que le seigneur Appius ne vous donne pas d'argent, poursuivit l'esclave. Tout à l'heure, avant de partir, il a oublié une grosse bourse.

— Nous l'avons remarquée, rétorqua Manius.

— Peut-être devriez-vous la prendre ? Bien sûr, si vous le faites, je devrais le dire, sans quoi les serviteurs de cette maison pourraient être accusés de vol, fouettés, et sans doute même torturés.

L'esclave repartie, Manius approuva :

— Séréna a raison. Emportons cette bourse, puisque notre oncle a été assez bête pour la laisser.

Cette fois-ci, Kaeso fit taire ses scrupules, il attrapa l'argent. Il y avait trois cents sesterces ! Pas assez pour acheter Sylvia, mais suffisamment pour vivre cachés quelques semaines.

— Quelle chance incroyable ! dit-il avec un grand sourire, le premier depuis longtemps. À présent, montons nous changer et partons.

— Tu as raison, dépêchons-nous. Il faut passer

chez le graveur de camées. Lollia nous aura sûrement laissé un message.

Lorsqu'ils redescendirent, le gardien de l'entrée ne se trouvait pas à son poste, pas plus que son effroyable chien.

— Les dieux sont avec nous ! se prit à rire Manius. Nous n'aurons même pas à parlementer pour sortir ! Pourvu que le reste de la soirée nous soit aussi favorable.

Le graveur de camées fermait son atelier, portant à deux mains un volet de bois qu'il installa devant l'entrée. Avant même que Manius ne pose sa question, il s'énerva :

— Non, je n'ai rien pour toi ! Tu me l'as déjà demandé ce matin, hier soir, hier matin et aussi avant-hier !

Manius se tourna vers son frère pour lui confier, les yeux malgré tout plein d'espoir :

— Peut-être que sa servante l'a déposé dans une autre boutique ?

Mais Kaeso se contenta de déclarer :

— Crois-tu vraiment que Lollia Tertullia puisse quelque chose pour nous ? J'en doute. Partons à présent.

20

Chez Lollius

Les invités, arrivés à pied ou en chaise à porteurs, reçurent un accueil chaleureux par les maîtres des lieux. Chacun put admirer les merveilles de la demeure, les statues, les meubles raffinés, les vases grecs, les mosaïques superbes et les fresques peintes par des artistes de renom.

— Tout, ici, est digne d'un consul de Rome, glissa avec envie un patricien à sa femme. Je ne savais pas Lollius si riche.

— Tu peux dire digne d'un roi oriental ! Lollius sera élu, c'est sûr… As-tu vu les bijoux d'Octavia et de leur fille ? Il y en a pour une fortune !

— Tu as raison, ce sera lui le prochain édile. Souris, Pomponia, et sois aimable !

Les convives étaient couchés sur le côté, dans trois salles aménagées de lits recouverts de tissus précieux et de coussins moelleux.

Pline, grand savant[1] et préfet de la flotte, présidait à la place d'honneur. En homme cultivé, il apprécia musiciens et comédiens et, en bon vivant, il goûta avec des mines gourmandes à chaque plat, arrosé de Falerne et des meilleurs vins d'Ibérie[2].

— La terre tremble beaucoup en ce moment, lui lança Lollius. J'espère que les dieux ne sont pas en colère.

Le savant se mit à rire :

— L'Olympe n'y est pour rien, j'en jurerais. Il ne s'agit que d'un phénomène naturel. Je suis persuadé qu'un jour nous serons à même de l'expliquer.

Lollius afficha un air sceptique : les dieux étaient tout-puissants, et les hommes bien peu de chose comparés à eux ! Mais il n'osa pas contrarier son prestigieux invité.

De son côté, Lollia avait retrouvé sa bonne humeur. Elle savait que son message avait été transmis et, toute peur envolée, elle mangeait de bon appétit, vêtue de sa plus belle *stola*.

---

1. Outre sa brillante carrière dans l'armée romaine, Pline l'Ancien (23-79) était l'auteur de nombreux ouvrages, dont une encyclopédie en 160 volumes, *Naturalis Historia*, dans laquelle il collecta une grande partie du savoir de son époque.
2. Nom antique de l'Espagne.

Comme la conversation languissait, elle profita de la présence de Pline, réputé pour son savoir et son intelligence, pour lui demander :

— Puis-je te soumettre une curieuse affaire ? Un lémure errerait sur les toits de Pompéi. Il ressemblerait à une ombre noire. As-tu déjà observé une telle chose ?

Le savant se redressa sur un coude et répondit :

— D'après ce que j'en sais, les fantômes hantent les vivants, ils ne courent pas sur les toitures. Ils réclament réparation, souvent pour un trépas violent. On les amadoue par des prières et par des dons de fèves noires… Es-tu certaine qu'il s'agisse d'un lémure ?

Lollia haussa les épaules, étonnée par la question :

— Je ne suis sûre de rien, sauf que plusieurs personnes ont aperçu sur les toits une ombre noire.

— Pourquoi chercher une cause surnaturelle à ce qui n'est sans doute qu'un animal ? rétorqua Pline. Un chat, par exemple[3]. Certains fonctionnaires en ramènent d'Égypte. Ils grimpent avec facilité et certains sont noirs.

Mais Lollia avait déjà vu un chat. Cette bête n'avait rien de commun avec la forme longue et souple que Mustella et elle avaient aperçue sur les toits.

----

3. Les chats étaient alors des animaux très rares en Europe de l'Ouest, dont l'Italie. À ce jour, les archéologues n'ont trouvé qu'un seul squelette de chat à Pompéi. Les animaux de compagnie étaient alors les chiens, les belettes ou les furets.

Soudain, elle sentit le sang se retirer de son visage. Comment n'y avait-elle pas pensé avant ! Elle revit la charrette de Sertor, avec sa grande caisse. Nigritia... Le nom signifiait « noirceur ».

— À part les chats, demanda-t-elle à Pline, existe-t-il d'autres bêtes noires qui grimpent avec facilité ?

En fait, elle connaissait la réponse. Le savant passa les doigts dans sa barbe grise, et répondit sans surprise :

— Il existe des panthères noires... Elles ont la réputation de monter aux arbres pour y cacher leurs proies.

— Noires ? s'étonna Octavia. Je croyais qu'elles possédaient des fourrures jaunes avec des taches sombres.

— C'est exact, confirma Pline. Mais certaines viennent au monde noires, on ne sait pourquoi. J'en ai vu une, une fois, à Rome, dans une portée née en captivité. Le dresseur voulait la tuer, tant il craignait un maléfice ! Je l'ai convaincu de n'en rien faire, au nom de la science.

— Et... Peut-on dompter les panthères ? demanda Lollia d'un air dégagé.

Pline jeta par terre l'os de loir qu'il avait rogné, avant de picorer de nouveau dans son assiette. Après une succulente bouchée, il poursuivit :

— Bien sûr. Ce dresseur s'en était même fait une spécialité. En quelques ordres et quelques sifflements, il arrivait à les faire sauter au travers de cerceaux enflammés.

Lollia aurait aimé poser d'autres questions, mais son père, voyant l'attention de son hôte lui échapper, guida adroitement la conversation sur les élections et les jeux qu'il comptait offrir au peuple.

La jeune fille en profita pour réfléchir. La main dans son assiette, elle remettait les éléments à leur place : le père de Sertor était dresseur à Rome. De plus, Nicias, le médecin, avait déclaré qu'il n'y avait pas meilleur que son maître pour rendre les fauves obéissants... Et, vue la taille de la caisse dans la curieuse carriole, Nigritia était sûrement une panthère. Une panthère noire. Quand les Lentuli avaient été agressés, après avoir quitté le théâtre, elle n'en avait vu que la queue.

Mais, pourquoi Sertor lâchait-il son animal sur les toits de Pompéi ? Et pourquoi en grand secret ?

— Maîtresse ! fit la voix de Mustella à son oreille. La servante se tenait près d'elle, le visage défait :

— C'est urgent. Il est arrivé un malheur.

La jeune fille la regarda avec stupéfaction. Les questions lui démangeaient les lèvres. Hélas ! Impossible de parler ! Les yeux suppliants de Mustella ne la lâchaient pas... Lollia observa ses voisins. Toute leur attention semblait fixée sur l'invité d'honneur. Alors, elle n'hésita pas. Elle attrapa sa coupe de vin et la renversa sur sa robe blanche.

— Que je suis maladroite ! s'écria-t-elle.

La servante avait compris. Elle proposa aussitôt :

— Montons vite, maîtresse, je vais t'aider à te changer.

Le regard noir d'Octavia les transperça. D'un geste sec de la main, lèvres pincées, elle leur ordonna de sortir, ce qu'elles firent sans demander leur reste. À peine arrivée dans l'escalier, Mustella raconta :

— Élias n'a pas porté la tablette. Je viens de la retrouver par terre, à l'entrée des cuisines. Il l'a sans doute fait exprès, pour me punir de l'avoir menacé.

— Qu'il soit maudit ! fulmina Lollia.

Elle prit la tablette et l'ouvrit. Oui, c'était bien la sienne, le texte était intact. Elle la lança sur le lit et entreprit de se déshabiller. Sa belle *stola* de soie était bonne à jeter… Tant pis.

— Pas de temps à perdre, fit-elle. Trouve-moi quelque chose de simple et de confortable. Le message, nous allons le porter nous-mêmes ! Prends une de mes *palla*, ordonna-t-elle ensuite, et couvre-toi la tête.

Lollia une fois changée, elles dévalèrent l'escalier. Arrivées dans la cour des écuries, elles observèrent la pagaille coutumière des jours de fête : les serviteurs couraient, débordés. Des comédiens encore costumés riaient dans un coin en se partageant un pichet de vin. Leurs porteurs jouaient aux dés, assis par terre… De plus, la nuit tombait, et les torches n'étaient pas encore allumées.

— Courage, glissa-t-elle à sa servante.

Et elles foncèrent tête baissée par la porte grande ouverte. Mustella la suivit à petits pas, craignant à tout moment de se faire prendre. Mais personne ne fit attention à elles.

— À présent, poursuivit Lollia, rendons-nous vite chez Sylvius.

21

À l'entrepôt de garum

La fabrique ne formait plus qu'un tas de ruines et l'odeur de poisson pourri qui s'en dégageait était insupportable. Bien que le jour soit tombé, des mouches par centaines agaçaient les spectateurs.

Et il y avait foule ! Un attroupement bruyant bloquait la ruelle. Les deux filles se frayèrent un passage avec difficulté, n'hésitant pas à bousculer les badauds qui leur résistaient.

— Manius et Kaeso sont là ! s'écria Lollia.

Mustella, elle, avait fixé son regard sur la silhouette de Sylvia. Vêtue d'une simple tunique blanche, on l'avait fait grimper sur une estrade entourée de torches.

Cette scène lui rappela sa propre vente. Mais Mustella savait depuis sa naissance qu'elle aurait un jour à subir cette épreuve. Sylvia, elle, n'y était pas préparée. Elle semblait terrorisée. Elle était si jeune et si belle ! La servante sentit sa gorge se serrer.

— Dépêchons-nous ! fit Lollia en la tirant par la main.

Les enchères allaient commencer. Sylvius apparut, accompagné d'un homme vêtu d'une toge, les bras encombrés d'un registre, d'un encrier et d'un calame[1]. Il s'agissait certainement du fonctionnaire du forum venu enregistrer la transaction. Au premier rang, près de l'estrade, se tenaient cinq acheteurs.

— Sertor ! s'écria Lollia en reconnaissant l'affranchi.

Derrière lui se trouvaient deux hommes. L'un, sans doute son comptable chargé de convoyer l'argent de la vente, portait un coffret de bois ; l'autre, grand et fort, leur faisait office de garde du corps.

— Regarde son air ravi, lâcha-t-elle. Sertor est venu pour remporter les enchères et se débarrasser de son rival. Il jubile déjà de son triomphe.

Elles continuèrent à jouer des coudes jusqu'à ce qu'elles rejoignent les deux frères.

— Il faut que je vous parle, leur lança Lollia.

Ils firent trois pas en arrière, pour se glisser dans la pénombre d'un mur à demi éboulé, et la jeune fille se dépêcha de leur exposer la situation.

— Es-tu sûre que Sertor a parlé d'un liquide à répandre sur nos tuniques ? s'inquiéta Kaeso.

_____
1. Roseau taillé en pointe dont on se sert pour écrire.

— Certaine !

— Une servante a vu mon oncle verser un philtre. Mais cela n'a plus d'importance, nous avons changé de vêtements.

— Il espérait nous faire obéir par magie, expliqua Manius.

— Et à présent, le coupa-t-elle, il veut vous enlever et vous tuer ! Il croule sous les dettes, il a besoin de votre argent. Ses hommes sont sans doute déjà là.

Manius observa la foule, y cherchant les esclaves de Sertor ou d'Appius. Mais, à part le comptable et le garde du corps, il n'en vit aucun. Kaeso ricana :

— C'est pour cela qu'il refusait que je prenne la toge virile ! Tant que nous sommes mineurs, il peut piocher dans notre héritage à sa guise ! Sylvia et le jeu n'étaient que des prétextes.

Puis il poussa un juron avant de se tourner vers son frère :

— Ce soir… La bourse oubliée sur la table… La porte sans gardien… Ils voulaient être sûrs que nous sortirions.

— Vous devez partir ! insista-t-elle.

— Crois-tu que je vais m'enfuir, s'indigna Kaeso, alors que le sort de celle que j'aime est en train de se jouer ? Je ne la quitterai pas ! Lorsque nous sommes arrivés, tout à l'heure, j'avais l'espoir de l'enlever. Mais son père la faisait garder. Après la vente, j'essayerai encore…

Il laissa échapper une plainte : voilà que Sylvius s'avançait, l'air ému, et qu'il prenait la parole.

— Je vends ma fille, lança-t-il à la foule. Je ne le fais pas de gaieté de cœur. Lors de la dernière secousse, mon entrepôt s'est effondré. Mon meilleur ouvrier est mort, et ma production est perdue. Sylvia est tout ce qui me reste.

Puis il enchaîna, la voix plus ferme :

— Voyez comme elle est belle ! Seize ans, un corps superbe, une peau d'albâtre, des yeux d'émeraude. Et sa beauté n'a d'égale que sa pudeur. Ma fille est vierge, une sage-femme l'a constaté aujourd'hui même.

Sylvia rougit et baissa la tête. Son père lui ordonna :

— Lève le front, ma fille, et sois fière d'aider l'auteur de tes jours par ce sacrifice digne des antiques Sabines !

L'émotion de Sylvius commençait à laisser place à un ton de mauvais comédien. Il y eut quelques rires parmi l'assistance. Kaeso serra les poings lorsque Sertor attaqua :

— Mille sesterces !

— Dire que je n'en ai que trois cents ! enragea-t-il.

Pauvre Sylvia ! Elle pleurait à présent, son visage dans les mains, tandis que son père la houspillait :

— Cesse donc ! Montre tes beaux yeux verts !

Un homme annonça :

— Mille cent !

Lollia reconnut un orfèvre, un client de sa famille.

— Mille trois cents, fit un cabaretier.

— Mille cinq, cria un vieillard.

— Deux mille sesterces, reprit Sertor.

160

— Deux mille cinq ! brailla un autre, un marchand d'esclaves réputé.

Dans le public, on siffla d'admiration : deux mille cinq cents sesterces, pour une adolescente qui n'avait pas d'autre atout que sa beauté et sa virginité, c'était beaucoup ! Sylvius, lui, commençait à jubiler.

Mustella attrapa le bras de Lollia.

— Maîtresse ! s'écria-t-elle d'une voix pressante. Tes bijoux ! Tu les as gardés !

La jeune fille tâta ses poignets. Oui ! Tout à l'heure, elle s'était déshabillée si vite qu'elle avait oublié de les ôter. Aussitôt Kaeso supplia :

— Donne-les-moi ! Je te les paierai dix fois leur prix !

— Je t'en fais cadeau, lui dit-elle en les enlevant. À ce que prétend ma mère, il y en a pour cinq mille sesterces.

Kaeso les reçut en tremblant. Il en pleurait de soulagement ! Il s'avança dans le cercle des acheteurs.

— Trois mille ! cria-t-il.

Sertor le regarda avec stupéfaction, avant de se plaindre d'un air hargneux à Sylvius et au fonctionnaire :

— Ce blanc-bec ne possède pas d'argent. Ne tenez pas compte de son enchère !

— Bien sûr que j'en ai ! répliqua le jeune homme.

Et il montra les bijoux, ce qui provoqua la colère du marchand d'animaux :

— Il les a volés !

— Pas du tout, cria Lollia à son tour. Je viens de les lui offrir. Ils lui appartiennent.

— Lollia Tertullia ? s'indigna Sertor. Que fais-tu ici ?

Mais il n'eut pas le temps de s'étonner davantage. À sa grande déception, le fonctionnaire accepta l'enchère, et la vente reprit :

— Trois mille cinq cents, proposa le boulanger.

Les prix s'envolaient devant Sylvius qui affichait un sourire radieux. Pour un peu, il aurait sauté de joie.

— Quatre mille, lança Kaeso.

— Quatre mille cinq cents ! hurla Sertor.

Le boulanger, le cabaretier, le vieux et le marchand d'esclaves firent signe qu'ils se retiraient. Restait Sertor.

— Cinq mille, lança Kaeso.

L'assistance retint son souffle. Instinctivement Lollia agrippa la main de Manius. Mustella ferma les yeux, tant elle craignait la suite.

— Cinq mille cinq cents ! cria Sertor.

Kaeso devint blême. Il n'avait pas assez pour enchérir, il avait envie de hurler de douleur ! L'affranchi comprit, il commença à exulter, sûr de tenir la victoire.

Le fonctionnaire allait lui accorder la vente, lorsque Manius demanda d'une voix forte :

— As-tu de quoi payer ?

Sertor ouvrit la bouche, un peu surpris. Puis il s'écria :

— Bien sûr ! Mon comptable porte une cassette avec quatre mille sesterces. Je viendrai donner le solde à Sylvius dès demain.

162

— Si tu n'as pas la somme, ricana Manius, cela ne compte pas. Tout à l'heure, tu as exigé que l'enchère de mon frère soit annulée, sous prétexte qu'il n'avait pas l'argent. Ce qui est valable pour lui l'est aussi pour toi.

— Effectivement, acquiesça Kaeso, le règlement doit être le même pour tous. Moi, j'ai plus de cinq mille sesterces, et je peux payer immédiatement. Greffier ! Retire l'enchère de Sertor !

Dans la foule, on se mit à rire et à trépigner. Le retournement de situation était digne d'une pièce de théâtre. La pauvre Sylvia ne parvenait plus à se tenir debout, tant elle semblait éprouvée. Kaeso, lui, respirait à grand-peine. Tous les deux se regardaient avec tant d'amour ! Les matrones, émues, crièrent au prodige. Sertor déplaisait à tout le monde, avec ses airs arrogants de riche affranchi. Le jeune Kaeso, en revanche, apitoyait les âmes sensibles, d'autant qu'on l'avait vu bien des fois dans le quartier, soupirer pour les beaux yeux de Sylvia. Et tous savaient qu'elle aussi soupirait pour le Romain.

— Arrête la vente ! entendit-on crier. Donne ta fille au patricien !

— Oui ! Arrête la vente ! La petite l'aime !

— D'accord, accepta finalement Sylvius, s'il me verse les cinq mille sesterces pour que je puisse rebâtir ma fabrique. Je la lui donne pour femme !

Alors que l'on croyait le problème réglé, Sertor appela ses hommes à la rescousse. Quatre silhouettes sortirent des décombres. Les jeunes gens reconnurent

Burrus et les trois assaillants qui avaient agressé Kaeso après la représentation de théâtre.

— Attrapez-les ! leur ordonna le marchand de fauves.

— Mauvais perdant ! hurla la foule. Hou ! Honte à toi ! Escroc !

Les matrones encerclèrent les malfaiteurs d'un air menaçant, aussitôt suivies par leurs époux.

— Laissez ces petits tranquilles !

Kaeso tenta de rejoindre Sylvia. Hélas, le garde du corps de Sertor l'avait devancé. Une épée à la main, il interdisait à quiconque de s'approcher d'elle. Le jeune homme, armé de sa dague, tenta de riposter et échappa de peu au tranchant de l'arme.

Le piège de Sertor se refermait. Un homme à cheval surgit, tirant une seconde monture derrière lui. Il la plaça devant l'estrade et le garde du corps n'eut plus qu'à jeter Sylvia sur l'encolure et à enfourcher la bête. Les deux cavaliers l'emportèrent.

— Non ! cria Kaeso, impuissant.

— Sertor ! brailla le père. Tu n'es qu'un chien galeux ! Comment oses-tu enlever ma fille !

L'affranchi, pour lui faire ravaler ses insultes, lui assena une gifle qui l'envoya rouler au sol. Puis il hurla à ses hommes tout en prenant la fuite :

— Dégagez-vous, bon sang ! Attrapez les Lentuli !

Les quatre hommes du marchand de fauves se trouvaient toujours aux prises avec la foule, frappant ceux qui les empêchaient d'avancer.

— Partons ! supplia Lollia.

164

— Vite, renchérit Mustella.

Le fabricant de *garum* se releva sur les coudes et interpella Kaeso :

— Ce fourbe a pris ma fille ! Après un tel scandale, je comprendrai que tu ne veuilles plus l'épouser…

Le jeune homme l'aida à se relever. Il posa les bijoux dans ses mains et le rassura :

— Tu m'as donné Sylvia, je la garde ! Voilà ton or. Tant que je vivrai, je la chercherai, je te le jure. Je défendrai son honneur, comme si c'était le mien.

— Merci. Considère que tu es mon gendre. À présent, va-t'en avant que ces brutes ne t'attrapent !

Puis Sylvius cria à la foule :

— Amis ! Voisins ! C'est une ingénue[2] que Sertor vient d'enlever. Le crime est grave ! Il faut qu'il paye !

— Filez ! ordonna une grosse matrone aux jeunes gens en leur montrant les hommes du marchand de fauves. Ils sont armés, nous ne les retiendrons pas longtemps.

Alors ils détalèrent.

---

2. Jeune fille de naissance libre. Enlever une ingénue était un crime puni de mort.

22

À la nécropole

Leur course les amena devant la porte d'Herculanum. Un vigile y montait la garde, avachi sur un tabouret. Il les regarda passer, l'œil morne. À peine remua-t-il sa lance pour montrer qu'il était réveillé !

De l'autre côté des remparts les attendait une belle rue, bordée de hauts trottoirs. La pierre blanche des pavés leur faisait comme un chemin laiteux dans la nuit. De loin en loin, ils voyaient les dômes pâles de riches tombeaux construits au milieu des arbres. Ils dépassèrent en courant une villa, puis, à bout de souffle, ils s'arrêtèrent :

— Ils arrivent ! s'écria Lollia avec angoisse.

Les hommes de Sertor se rapprochaient ! Ombres noires sur la pierre blanche de la rue, ils venaient de franchir la porte d'Herculanum à leur tour. Dans quelques instants, ils les auraient rejoints !

— Les tombes, cria Mustella. Vite, maîtresse !

Kaeso et Lollia regardèrent la servante comme si elle avait perdu l'esprit. Se cacher dans un tombeau ? En pleine nuit ? Tout le monde craignait les morts presque autant que les dieux. Troubler leur repos n'apportait jamais rien de bon ! Mais Manius approuva :

— Tu as raison. Ils n'iront pas nous y chercher. Plus tard, nous reviendrons faire des offrandes et des libations pour la paix des âmes.

— Dépêchons-nous ! les pressa Lollia. Autant se cacher chez moi. Le tombeau de ma famille est par-là. Je prierai pour que mes ancêtres nous protègent.

Le mausolée des Lollii ressemblait à un temple en miniature, avec des colonnes et un fronton triangulaire. Elle en poussa la porte, tremblante, et ils la suivirent sans un mot, en se serrant les uns contre les autres.

— Asseyons-nous par terre, souffla-t-elle tout bas comme si elle craignait de réveiller les habitants du lieu.

Bientôt, ils s'habituèrent à l'obscurité et commencèrent à distinguer les niches creusées dans les murs. Elles renfermaient les urnes funéraires des ancêtres Lollii et de leurs serviteurs les plus fidèles. Par une étroite fenêtre, un rayon de lune tombait sur la chevelure raide de Manius.

Lollia se mit à réciter une prière pour apaiser les morts, que reprirent Kaeso et Mustella. Manius, quant à lui, se leva pour inspecter l'endroit. Alors qu'il se dirigeait vers la lucarne, il bouscula un vase d'albâtre posé sur une colonne. Par chance, il le rattrapa au vol.

— Fais attention ! gronda Lollia. C'est grand-père !

Puis, elle s'indigna tout bas :

— Aulus Lollius Magnus était renommé pour son sens de l'hospitalité, mais tout de même ! Un peu de respect !

Manius fut pris d'un rire nerveux, et il se dépêcha de replacer en douceur l'urne sur son socle.

— Pardon, Lollius Magnus...

Mais il se figea lorsqu'il entendit des voix de l'autre côté du mur :

— Bon sang ! Où sont-ils ?

Il se rapprocha de la fenêtre pour y glisser un œil. Leurs poursuivants se trouvaient à peine à cinq pas de leur cachette.

— Pas à la villa, la porte et les fenêtres sont fermées, répondit la voix de Burrus. Restent les tombeaux. Quatre personnes, ce sera facile de les repérer.

— Ben, rouspéta un de ses compagnons, tu les fouilleras sans moi ! J'y mettrai pas même l'ongle d'un orteil ! J'ai pas envie d'être hanté par un esprit !

— Ou avoir un fantôme sur le dos..., ajouta un autre.

— Ou un spectre...

— Carbo, expliqua Burrus d'un air accablé, les spectres et les fantômes, c'est pareil.

— Pareil ou pas, j'irai pas, j'te dis. Sertor se les attrapera une autre fois, ses jeunots.

L'ancien gladiateur lâcha un soupir d'agacement devant le manque de courage de ses acolytes :

— Nigritia les trouvera. Laissons travailler… notre lémure…

— Prononce pas ce mot ! pesta le dénommé Carbo.

Manius le regarda passer son index mouillé de salive derrière son oreille, pour conjurer le mauvais sort. Puis il eut un sursaut. Une forme longue et noire, haute comme un grand chien, avait rejoint leurs poursuivants. Silencieuse, elle s'était tapie aux pieds de Burrus.

— La voilà, lança le barbu. Sertor ne doit pas être loin.

— Venez voir, souffla Manius à ses compagnons.

Ils se levèrent et s'approchèrent à pas de loup jusqu'à la fenêtre. Lollia retint un cri et Kaeso la poussa pour regarder à son tour :

— Le lémure, fit-il en désignant la tache sombre. C'est lui qui a tué le marin !

Lollia parvint à se glisser de nouveau devant lui.

— Ce n'est pas un fantôme, expliqua-t-elle. Il s'agit de Nigritia, la panthère noire de Sertor.

— Une panthère noire ? répéta Manius. Cela n'existe pas, les panthères noires.

Le fauve se leva, et fit quelques pas d'une démarche souple, sa longue queue battant l'air. Puis il feula et ouvrit grand sa gueule. Au clair de lune, ils virent des crocs monstrueux.

— Alors, ricana Lollia, fière d'elle malgré le danger, ça n'existe pas, les panthères noires ? Pline en personne m'en a parlé ce soir.

Burrus attrapa la bête par le collier qu'elle portait au cou pour la faire asseoir. Il lança un sifflement aigu, et lui ordonna en la relâchant :

— Cherche, ma belle !

Ils regardèrent le fauve se diriger de son pas félin, d'une tombe à l'autre, le nez en l'air.

— Cette bête me fiche une de ces trouilles ! jeta Carbo. Je suis pas tranquille avec elle. On l'entend pas, et elle est agile comme un singe. Elle a mangé avant de partir, au moins ?

— Ne t'inquiète pas, le rassura Burrus. Elle n'attaque que si on lui en donne l'ordre. Que si « je » lui en donne l'ordre, précisa-t-il ensuite en ricanant. Appius a mis sur les tuniques de ses neveux un liquide qu'elle adore. Dès qu'elle en aura reconnu l'odeur, elle se jettera sur eux.

Dans le tombeau, les deux frères se regardèrent. Lollia leur souffla :

— Heureusement que vous avez changé de vêtements.

— Et si elle sentait tout de même notre présence ? s'inquiéta la servante.

Lollia, elle aussi, en mourait de peur. Pourtant, elle répondit crânement :

— Burrus a dit qu'elle cherchait une odeur. Je

pense qu'elle est dressée pour la reconnaître. Et comme nous ne la portons pas sur nous...

Elle se tut et retint son souffle. La panthère, à présent, s'approchait de leur tombeau. Dehors, les hommes continuèrent, sûrs d'eux :

— Nous n'aurons même pas besoin de les ramener au vivarium. Demain, on les retrouvera en charpie dans la nécropole, et on croira à un maléfice.

Sur la route, une carriole arrivait au pas. Le marchand d'animaux en sauta :

— Alors, demanda-t-il, les avez-vous trouvés ?

— Pas encore, maître, répondit Burrus. Mais Nigritia les cherche.

La panthère feula devant la porte du tombeau, avant de faire demi-tour, pour venir se frotter affectueusement contre les jambes de son dresseur.

— Bonne fille ! lui lança-t-il en caressant sa fourrure noire.

De leur cachette, les jeunes gens l'entendirent ronronner. Sertor soupira avant d'ordonner :

— Inutile de continuer. S'ils étaient là, Nigritia les aurait déjà débusqués. Elle ne peut pas résister à l'odeur de ce philtre inventé par mon père. Elle le détecte à un demi-stade[1].

Il ouvrit la caisse de la charrette et siffla. Nigritia sauta dedans d'un bond souple. Puis, après avoir

_____

1. Unité de mesure de distance. Un stade équivaut à 185,25 mètres.

fermé la cage, Sertor se tourna vers ses hommes et déclara en riant :

— Ils ne savent pas qu'Appius veut se débarrasser d'eux. Bientôt, les Lentuli se livreront d'eux-mêmes. Je les connais. Ils viendront au vivarium et tenteront de me reprendre Sylvia. Nous n'avons plus qu'à les y attendre.

Assis sur le sol de la tombe, les jeunes gens réfléchissaient.

— Rentrons chez nous, maîtresse, supplia Mustella.

— Non ! fit Lollia. Nous aurons droit toutes les deux à une bonne correction. Autant profiter de notre liberté !

Puis elle poursuivit d'une petite voix suppliante :

— Kaeso... Manius... Si Mustella était vendue, vous la rachèterez, n'est-ce pas ?

— Si nous ne mourons pas dévorés par les fauves au vivarium, ironisa le cadet, et si nous récupérons notre héritage, je te le jure.

Elle soupira, soulagée.

— Résumons, reprit-elle. Ils tiennent Sylvia, mais ils ne savent pas que nous savons qu'ils veulent se débarrasser de vous.

— Pas trop vite, se plaignit Manius, je commence déjà à avoir mal au crâne.

Ses mots la firent sourire :

— Et moi qui te croyais intelligent !

Il la regarda dans l'obscurité. Il aimait bien cette jeune fille, courageuse et un rien téméraire. Il lui rendit son sourire et continua :

— Autant que tu le saches, j'ai tendance à plaisanter dans les moments difficiles. J'ai une proposition à vous faire. L'oncle Quintus est absent. Nous pourrions en profiter pour rentrer chez nous, atteler sa voiture, prendre des armes et partir au vivarium.

Kaeso acquiesça aussitôt :

— Tu as raison. Je ne veux même pas imaginer ce que Sertor va faire à Sylvia. Dépêchons-nous !

Au moment de sortir, Lollia se retourna sur le seuil, pour déclarer humblement :

— Je te remercie pour ton hospitalité, grand-père. Vous aussi, mes chers ancêtres, merci pour votre protection.

Les trois autres se courbèrent en silence. Puis ils se mirent à courir en direction de la cité.

23

Chez Appius

Kaeso sortit sa dague et se pencha pour forcer la porte du jardin d'Appius. À sa grande stupéfaction, celle-ci s'ouvrit avant même qu'il ait commencé.

— Maître Manius ! Maître Kaeso ! souffla la voix de Séréna dans le noir. Je vous ai attendus, pour le cas où vous reviendriez. J'étais inquiète. Le gardien dans le vestibule a ordre de lâcher le chien sur quiconque entrera.

— Merci. Où mon oncle cache-t-il ses armes ?

— Des armes ? s'inquiéta-t-elle. Pour quoi faire ?

Puis elle répondit sans l'ombre d'une hésitation :

— Dans un coffre, au fond de la cave. C'est l'intendant qui a la clé en l'absence du seigneur Appius. Mais Fortunatus et Ursus arriveraient sûrement à faire sauter la serrure. Veux-tu que j'aille les réveiller ?

Les deux frères se regardèrent, indécis. Fallait-il confier leurs projets aux domestiques ? Finalement, Manius accepta.

— Cours-y vite, et sois discrète ! Que l'intendant et le gardien n'en sachent rien, sans quoi nous sommes perdus. Retrouvez-nous aux écuries.

Quelques minutes plus tard, les deux gladiateurs et la servante les rejoignaient. Mis au courant des derniers événements, ils tentèrent de dissuader les jeunes gens d'une telle expédition. Mais rien n'y fit.

— Laisse au moins Lollia Tertullia et son esclave ici, proposa Fortunatus. Nous les ramènerons chez elles.

— Certainement pas, s'écria Lollia. Et puis d'ailleurs, je connais le chemin du vivarium et vous pas.

— Tes parents sont sans doute morts d'inquiétude…

— Mais non ! Ils doivent rêver de nous flanquer une bonne correction. Je vais au vivarium, articula-t-elle d'un ton sec et sans appel.

Avec l'aide d'un palefrenier, les deux frères attelaient un cheval à un petit chariot.

— Assez discuté, s'écria Manius. Notre oncle ne tardera pas à rentrer avec ses crieurs et ses porteurs, et nous serons faits comme des rats. Dépêchons-nous !

De son côté, Mustella demanda à Séréna :

— Ton maître possède un philtre curieux. Sauras-tu le retrouver dans ses affaires ?

— Bien sûr.

— Alors, va le chercher.

Mustella se tourna vers les patriciens :

— Ce produit nous sera utile. Il nous suffira d'en répandre un peu partout dans le vivarium pour dérouter les lions s'il vient à les lâcher. Car j'imagine que, si Sertor a dressé sa panthère noire à suivre l'odeur de ce philtre, il a dû le faire pour les autres fauves.

— Bien vu, reconnut Manius.

Séréna partie, le jeune homme proposa à Fortunatus :

— Allons prendre des armes. Demain, tu diras à notre oncle que nous avons agi seuls. Ainsi, vous ne serez pas punis.

Mais le gladiateur se mit à rire :

— Vous ne vous débarrasserez pas de nous comme ça ! Nous vous accompagnons. D'ailleurs, votre plan est… stupide.

Devant l'air tout à la fois étonné et courroucé des deux frères, il demanda :

— Que ferez-vous, au vivarium, contre des hommes entraînés au combat, et des fauves dressés pour tuer ? J'ai mieux à vous proposer. D'après ce que vous m'avez dit, Sylvia, une ingénue, a été enlevée par Sertor.

Il observa dans leurs yeux une nuance d'impatience. Ils étaient pressés de partir. Cependant, le gladiateur prit son temps pour expliquer :

— Kaeso, Sylvius t'a donné sa fille en mariage. L'honneur de Sylvia est officiellement entre tes mains.

— Oui, je le sais. Et après…

177

— Après ? Si l'honneur de Sylvia est bafoué, le tien et celui de ta famille le sont également... Et donc celui de ton tuteur qui est mon maître. C'est d'autant plus important pour Appius, que celui qui a jeté l'opprobre sur notre maison n'est autre que Sertor, son affranchi.

Kaeso approuva. L'honneur comptait plus que la vie. Dans les temps anciens, un père déshonoré pouvait tuer femme et enfants. Aujourd'hui, la loi l'interdisait, ce que beaucoup regrettaient.

Le jeune homme se mit à sourire :

— Bien sûr ! Si c'est pour défendre l'honneur de mon oncle, et nous aider à livrer Sertor à la justice, je ne peux vous empêcher de nous suivre...

— Je cours réveiller Aquila et Vindex, lança Ursus.

Mais Manius l'arrêta :

— Malgré ces beaux discours, Appius ne sera pas content. Vous allez subir sa colère. Vous serez fouettés !

— Ne crains rien. Nous sommes ses esclaves les plus précieux. Il ne prendra pas le risque de nous blesser, sous peine de voir notre valeur baisser.

— À présent, allons chercher les armes ! conclut Fortunatus en se dirigeant à grands pas vers la cave.

Les deux arches de la porte de Nola se découpaient dans la nuit. Comme à celle d'Herculanum, un vigile en uniforme y montait la garde. Débraillé, sa lance posée contre le mur, il avait laissé son casque traîner au sol. Après avoir bâillé, il se porta mollement à la rencontre du jeune homme qui sautait du chariot.

— N'as-tu pas vu deux cavaliers ? lui demanda Manius. Ils avaient une fille avec eux.

— Oui, il y a plus de deux heures, répondit-il en rajustant sa cuirasse. Ils sont passés au galop.

— Et une voiture, avec une grande caisse ? s'informa à son tour Kaeso.

— Aussi, avec cinq hommes, il y a une bonne heure. Qu'arrive-t-il donc ? reprit le garde, hilare en les regardant tour à tour. Voilà bien longtemps que je n'ai vu autant de monde de nuit ! Une fête se prépare ?

Soudain, une étrange sensation les parcourut. Ils n'étaient pas les seuls à la ressentir, car le cheval s'agita avant de se mettre à hennir.

— Le sol tremble…, s'inquiéta Manius.

— Rien que des petites secousses, le rassura le vigile en haussant les épaules. Ce sont les géants de Vulcain qui courent sous la terre. À moins qu'ils ne jouent aux quilles, ou avec de gros dés.

Mais les mauvaises plaisanteries du garde ne les amusaient pas. Manius attrapa l'homme par le bras pour lui déclarer d'un ton sec :

— Tu appartiens bien à la garde urbaine ? Alors fais ton devoir ! La jeune fille sur le cheval a été enlevée. C'est Sertor, le propriétaire du vivarium dans la montagne, qui a fait le coup. Nous allons la délivrer. Cours chercher des renforts, nous aurons sûrement besoin d'aide.

Le garde continua à rire niaisement. À coup sûr, il pensait avoir affaire à des fêtards préparant un canular.

Fortunatus sauta à son tour de la voiture. Il le dépassait d'une tête et l'homme fut obligé de lever la sienne pour croiser ses yeux pleins de colère. Le gladiateur fit saillir ses muscles, serra les poings et tonna d'un air méchant :

— Vas-tu te bouger, bougre d'âne ! On te dit que la vie et l'honneur d'une jeune ingénue sont en péril !

Le vigile fit un bond en arrière, apeuré. Il retourna se saisir de sa lance et de son casque, et acquiesça :

— Je file au forum, vous pouvez compter sur moi !

Tandis que le chariot repartait, la tête de Mustella sortit de dessous la bâche. Elle lui cria :

— Préviens Pandion ! C'est mon cousin ! Que la garde urbaine vienne vite nous secourir !

24

Au vivarium

Ils s'arrêtèrent non loin du vivarium, dans la courbe d'un chemin protégée par des arbres. L'aube se levait.

Faire la route n'avait pas été facile. Le sol avait tremblé à plusieurs reprises. De plus, le chariot était lourd. Huit personnes l'occupaient, et le cheval avait eu bien du mal à monter la côte.

— C'est là, murmura Lollia en pointant du doigt des toits de tuiles à peine visibles au travers des frondaisons.

Ils se rassemblèrent en cercle. Dans le silence, ils ne percevaient que le bruit d'un filet d'eau qui s'écoulait.

— Une source, souffla Manius. Donnons de l'eau au cheval. Qu'il se repose. Nous aurons besoin de lui pour fuir au retour.

Mais l'animal refusa de boire. Une odeur d'œuf pourri suintait entre les pierres. Le jeune homme recueillit un peu de liquide au creux de sa main, qu'il goûta :

— Elle empeste le soufre…

Kaeso le rabroua sans ménagement :

— On s'en moque ! Bon sang, dépêchons-nous ! Attaquons le vivarium !

Son impatience fit rire Ursus :

— Chut ! Pas si fort… Et pas si vite, mon gars. Commençons par repérer les lieux. Combien de bâtiments y a-t-il ? Combien de serviteurs ? J'accepte de risquer ma peau pour t'être agréable, mais je refuse de la perdre bêtement, parce que tu es pressé d'en découdre.

Manius se tourna vers Lollia et Mustella :

— Pouvez-vous répondre aux questions d'Ursus ?

Elles expliquèrent en détail ce qu'elles avaient vu.

— Cinq bâtiments autour d'une cour, se rappela Lollia. Dans celui de gauche, en entrant, il y a l'infirmerie. Tout de suite à droite, se dresse le bâtiment avec les fauves. À côté, la maison de Sertor…

— Cela fait bien des endroits pour se cacher, s'inquiéta le gladiateur. Continue.

— Ensuite, dans le prolongement de la maison, on trouve une grange emplie de foin. Et en face, une petite bâtisse où ils enferment la panthère noire.

— Hier soir, commenta à son tour Mustella, Sertor avait six hommes avec lui. Plus son comptable. Dans le vivarium, il emploie un médecin grec, un jeune soigneur égyptien et une vieille femme.

— Si nous le pouvons, demanda Fortunatus, épargnons les serviteurs. Il nous faut donc nous débarrasser de six hommes aguerris et de Sertor, leur maître.

— Au minimum. Sans compter les fauves.

— Parfait, se mit à rire Ursus. Ils attendent deux adolescents, mais nous serons six.

— Huit ! répliqua tout fort Lollia. Si tu crois que ma servante et moi nous allons rester dans le chariot !

— Chut ! D'accord. Mais promets de ne prendre ni risque, ni initiative. Je n'aimerais pas que tes parents me fassent clouer sur une croix, si tu venais à être blessée. Toi et Mustella, vous surveillerez la cour et les bâtiments. Si l'un d'eux sort, vous crierez pour nous prévenir.

La ferme paraissait étrangement calme et la cour bizarrement déserte. S'il n'y avait pas eu l'odeur caractéristique de la ménagerie, ils auraient pu penser s'être trompés d'endroit. Le jour se levait, et les serviteurs auraient dû s'activer. Or, pas une fenêtre, pas une porte n'était ouverte.

— Vindex, souffla Fortunatus. Vérifie la grange. Ça sent le piège à plein nez. Ils ont peut-être lâché les animaux.

Vindex avait l'habitude de combattre des lions dans l'arène. Armé d'une lance et d'une dague, il acquiesça. Puis Aquila, tenant fermement un trident, se dirigea vers l'infirmerie. Fortunatus, accompagné d'Ursus et des Lentuli, s'avancèrent vers la porte de l'habitation, leurs épées à la main.

Hélas ! Des hommes en sortirent ! Lollia hurla ! Aquila et Vindex, alertés, rebroussèrent chemin et vinrent leur prêter main-forte.

Burrus était un ancien professionnel. Malgré sa jambe raide, il restait redoutable. Quant aux cinq autres, ils avaient de l'expérience, ils savaient se battre.

— Tuer les jeunes ! ordonna le barbu.

Un couteau fendit l'air à deux doigts des cheveux de Kaeso. Fortunatus et Ursus s'interposèrent aussitôt.

— Vindex ! À droite ! Aquila ! À gauche !

En quelques instants deux hommes tombèrent, le corps transpercé. Les gladiateurs, l'air farouche, luttaient avec méthode, les gestes sûrs, semblant n'éprouver aucune peur. Aquila transperça un troisième de son trident, puis la lance de Vindex cloua au mur le cavalier qui avait enlevé Sylvia. Le passage était libre.

— Foncez à l'intérieur, cria Fortunatus aux deux frères.

Ils se glissèrent dans la maison pour y chercher Sylvia et le marchand de fauves, pendant que les gladiateurs finissaient de maîtriser leurs adversaires.

— Sertor ! appela Kaeso. Viens te battre !

Armes en main, ils commencèrent à parcourir l'*atrium*, puis le *triclinium*.

— Ce lâche se cache ! Il envoie ses hommes à la mort et refuse le combat. Sertor ! hurla-t-il de plus belle.

Dehors, la lutte avait cessé. Leurs amis entrèrent à leur tour. Fortunatus, Vindex et Ursus traînaient Burrus et le dénommé Carbo. Burrus avait le visage entaillé et un bras pendant ; son comparse était blessé à l'épaule.

Ne voyant pas Aquila avec eux, les deux frères craignirent le pire. Mais le gladiateur les rejoignit quelques instants plus tard d'un pas nonchalant, suivi par Lollia et Mustella, blêmes devant ce carnage. Du bout de son trident, Aquila poussait les serviteurs :

— Ils s'étaient enfermés dans l'infirmerie.

— Non, le reprit le médecin chauve. On nous y a emprisonnés. Je me nomme Nicias. Tyché est la servante, et Kémès s'occupe des bêtes.

— Où se trouve le comptable ?

— Il est resté à Pompéi, où notre maître possède une maison. Par pitié, ne vous en prenez pas à nous. Nous sommes neutres et inoffensifs, je vous le jure.

La vieille femme pleurait, le soigneur regardait en tout sens, perdu. Le médecin, lui, s'approcha des blessés.

— Puis-je ? ajouta-t-il en observant le regard empli de colère de Kaeso. J'ai fait serment de soigner mon prochain.

— Vas-y, ordonna Fortunatus. Où se cache Sertor ?

— Notre maître est parti, annonça Nicias.

— Menteur ! cria Kaeso. Ce couard se terre dans un coin. Où retient-il Sylvia ?

— Je vous jure qu'il n'est plus ici, insista le médecin. Kémès, Tyché et moi, nous l'avons vu quitter

185

le vivarium. Puis Burrus et ses hommes nous ont enfermés.

— Manius, ordonna de nouveau le gladiateur, fouille la ferme. Vindex, va avec lui ! Aquila, sors et surveille la route !

— Serais-tu notre général ? s'énerva Kaeso, furieux de voir que les décisions se prenaient sans lui.

Le grand gladiateur le regarda, entre agacement et compassion :

— Oui, je commande, car je suis le plus compétent pour le faire.

Après un soupir, il reprit :

— Kaeso, calme-toi. La colère est mauvaise conseillère. Accompagne le médecin à l'infirmerie, veux-tu ? Il lui faudra des pansements pour soigner ces hommes. Je ne veux pas qu'il s'y rende seul.

— Je n'ai pas d'ordres à recevoir de toi !

— Fais ce que je te dis ! s'écria le gladiateur d'un ton sans appel devant sa mauvaise humeur.

Quelques instants plus tard, Manius et Vindex rentraient bredouilles :

— Sylvia n'est pas ici. Et aucune trace de Sertor.

Les prisonniers se regardèrent. À voir l'étincelle de satisfaction dans leurs yeux, ils en savaient plus qu'il ne voulait l'avouer.

— Où sont-ils ? hurla Kaeso, désespéré.

Burrus, tordit son visage contusionné en une grimace, avant de cracher par terre avec mépris.

— Le médecin te l'a dit, ricana-t-il. Tu croyais que Sertor resterait à vous attendre ? Il est malin. Il se doutait que vous viendriez. On devait s'occuper de vous pendant qu'il filait avec la fille.

Kaeso donna un violent coup de poing dans le mur, à trois doigts de la tête de l'ancien gladiateur.

— J'aurais dû m'en douter ! s'écria-t-il. Il est parti se cacher à Rome, n'est-ce pas ? Là-bas, mon oncle a des appuis.

— Tu as raison, acquiesça le médecin. Sertor possède une bergerie à six lieues d'ici, juste après Octavianum. Il comptait y faire halte. Ensuite, il doit prendre la route de Rome. Seulement, ce que Burrus ne t'a pas dit, c'est qu'il a emmené Nigritia, sa panthère noire. Elle vaut dix hommes. Et il a emporté assez d'or pour refaire sa vie.

— Comment être sûr que tu ne mens pas ?

Nicias haussa les épaules :

— Je ne suis pas stupide. Après un tel forfait, toutes les possessions de Sertor seront sûrement vendues aux enchères, et moi avec. Je n'ai rien à perdre. Alors autant coopérer.

Mais Aquila entrait, le souffle court :

— Des hommes ! Sur la route !

— Vindex ! Aquila ! ordonna Fortunatus. Mettez les morts à l'abri des regards. Inutile que nos visiteurs les trouvent. Moins ils en verront, moins nous aurons d'explications à leur fournir. Les jeunes, allez voir qui arrive !

25

L'aube avait fait place au jour. Un beau soleil laissait filtrer des rayons dorés par-delà les collines. À une demi-lieue du vivarium, au-dessous d'eux, les quatre jeunes gens aperçurent un convoi composé d'une charrette et de fantassins.

— Ils ont des lances, constata Lollia. Ce sont les vigiles de la garde urbaine ! Quant aux civils à pied, il s'agit sûrement de Sylvius et de ses voisins.

— Maîtresse ! s'écria Mustella. Cette bâche rouge… N'est-ce pas le chariot de ton père ?

Lollia se mordit les lèvres. La servante avait raison. Les vrais ennuis allaient commencer.

— Comment a-t-il su ? s'étonna-t-elle.

— Mon cousin Pandion a dû le prévenir.

Kaeso soupira d'agacement. Bras croisés, il se mit à pester :

— Ils n'arriveront que dans une bonne demi-heure. Comme ils marchent depuis le lever du soleil, ils seront fatigués et ne voudront pas reprendre la route avant de s'être reposés. Je ne perdrai pas mon temps à les attendre ! Partons...

Voyant que son frère ne bougeait pas, il cria, en colère :

— Restez si ça vous chante ! Moi, je file.

Il se tourna vers l'intérieur des terres et observa, la main en visière, l'autre versant de la montagne. Au loin, dans la vallée, on distinguait Octavianum. Sylvia devait s'y trouver, en très mauvaise compagnie... La haine lui tordit les entrailles.

— Adieu, annonça-t-il d'un ton sans appel. Par Némésis, s'il lui a fait le moindre mal...

Tête basse, il se dirigea à grands pas vers leur chariot. Les trois autres se regardèrent, indécis. Lollia n'avait aucune envie de recevoir par son père une bonne correction en public. Mustella, elle, connaissait déjà le sort qui lui serait réservé.

— Je ne peux pas abandonner mon frère, leur déclara Manius. Venez-vous ?

Les deux filles hochèrent la tête en guise d'assentiment.

— Attends ! s'écria Manius à Kaeso, nous t'accompagnons. Je cours dire à Fortunatus que nous partons en éclaireurs à Octavianum. Ils n'auront qu'à faire la route dans la voiture de Lollius Venestus, pour nous rejoindre.

Mais, l'instant suivant, tout se mit à trembler, d'abord sourdement, puis de plus en plus fort ! Lollia s'accrocha à Manius. Quant à Kaeso, il regarda ses pieds, comme étonné. Derrière eux, dans la ferme, les fauves rugissaient de peur !

— Un séisme ! Et là, ce n'est pas un petit. Vite ! Éloignons-nous des arbres et des bâtiments !

Ils avaient du mal à courir tant le sol bougeait. À présent, un bruit assourdissant semblait monter des entrailles de la terre. Sans trop s'en rendre compte, ils se retrouvèrent projetés à genoux au milieu de la route. Le son était si puissant qu'ils se bouchèrent les oreilles. Puis une chose incroyable se produisit : le Vésuve explosa ! Mille tonnerres n'auraient pas produit une telle détonation !

Le souffle coupé, ils virent l'impensable. Le sommet de la montagne avait volé en éclats ! Une immense colonne de fumée s'élevait vers le ciel, pareille à un gigantesque tronc d'arbre gris et noir.

— Allez-vous bien ? s'inquiéta une voix.

C'était Fortunatus. Derrière lui se tenait Nicias, le médecin. Les deux hommes, le nez en l'air, restèrent bouche bée devant le spectacle.

— Par les dieux ! cria le gladiateur, le visage blême.

Puis, il se reprit :

— Le sol ne bouge plus et nous sommes en bonne santé, c'est l'essentiel. La secousse était forte, mais elle a provoqué peu de dégâts.

Dans le ciel, la colonne de fumée prenait peu à peu la forme d'un champignon. Une ombre froide commença à les envelopper.

Manius se leva prudemment. Puis il tendit sa main à Lollia pour l'aider à se relever.

— Fortunatus, demanda cette dernière d'une voix inquiète, as-tu déjà vu pareil prodige ?

— Jamais. Vulcain doit être très en colère... Prions pour que ses géants ne sortent pas de la montagne pour nous attaquer !

— On dirait qu'il neige, s'étonna Nicias.

Des flocons gris voletaient dans les airs, légers. Le médecin, sourcils froncés, constata ensuite :

— C'est de la cendre. L'explosion a dû provoquer un incendie.

Lollia tendit sa main pour recueillir quelques-uns de ces étranges flocons. Elle la referma tout à coup, car, dans sa paume, venait d'atterrir une pierre légère, mais brûlante. Une pierre ponce[1] ! Une seconde la frappa sur la tête. Elle lâcha un cri et regarda le ciel avec angoisse.

Une pluie de gravillons commença à les arroser, drue, comme autant de grêlons bouillants.

— Il faut se mettre à l'abri ! cria Fortunatus.

Ils coururent se serrer sous un pin aux branches touffues et se regardèrent, incrédules. Kaeso, qui était resté sur le chemin, les interpella avec hargne :

_____

1. Pierre volcanique très poreuse. Elle est si légère qu'elle flotte sur l'eau.

— Nous devons filer ! Le sommet de la montagne a explosé, vous l'avez bien vu ! Les débris commencent à retomber et nous sommes en dessous.

Sur la route en contrebas, le convoi des Pompéiens s'était figé. Non ! Voilà qu'il faisait demi-tour et regagnait la cité, hormis le chariot rouge et une poignée d'hommes qui continuaient à monter.

Comme pour donner raison à Kaeso, un morceau de bois enflammé rebondit à quelques pas d'eux. Puis, ce fut un corbeau ensanglanté, mort en plein vol, qui s'écrasa devant Lollia, lui causant une grande frayeur.

Fortunatus, de plus en plus inquiet, regardait tour à tour le ciel et l'étrange pluie. Il retint sa respiration avant de pointer un doigt vers la côte :

— La mer se retire !

L'eau semblait s'éloigner vers le large, découvrant les rochers. Au même instant, la lumière déclina, comme la flamme d'une lampe privée d'huile.

— C'est la fin du monde ! s'écria Mustella, terrorisée. La nuit tombe en plein jour !

— Si la mer se retire, balbutia le médecin, c'est pour mieux revenir... Un raz de marée se prépare.

Le gladiateur, les yeux emplis d'une peur qu'il ne parvenait plus à cacher, leur ordonna :

— Prenez le chariot et fuyez ! Le vent semble rabattre la pluie de cailloux et de braises en direction de Pompéi. Vous serez à l'abri si vous partez vers l'intérieur des terres.

— Mais... Et vous, et les serviteurs ?

— Nous allons attendre la garde urbaine. De toute façon, il n'y a pas assez de place dans le chariot pour tout le monde.

Il se tourna vers Nicias et lui demanda :

— Sertor a-t-il laissé une charrette ?

— Oui. Une à six places et un cheval.

— Parfait ! répondit Fortunatus. Nous vous rejoindrons à Octavianum. À présent, filez ! Emmenez la vieille femme. Nicias, tu pars aussi. Ils auront peut-être besoin d'un médecin.

Il attrapa le Grec par sa tunique et le secoua :

— Promets-moi que tu les protégeras comme s'ils étaient tes maîtres !

— Quelle question ! s'indigna Nicias. Bien sûr, que je te le promets !

26

Les cendres s'accumulaient sur le chemin, telle de la neige sale et chaude qui leur brûlait les chevilles. En bas, sur le littoral, des colonnes de fumée s'élevaient au-dessus de Pompéi.

— Des incendies ! souffla Lollia d'une voix sourde. Pourvu que notre maison n'ait pas brûlé ! Pourvu que mère et les serviteurs soient à l'abri et en bonne santé !

La vieille Tyché jeta dans le chariot un ballot contenant ses affaires. Elle parlait mal le latin. Aussi furent-ils surpris de la voir repartir en courant vers la ferme après avoir baragouiné quelques mots. Elle en revint, les bras chargés d'une couverture, d'une outre d'eau et de plusieurs pains.

— Elle a raison, approuva Manius. Qui sait combien de temps durera cet étrange phénomène ?

Nicias aida la vieille à grimper à l'arrière, à l'abri de la bâche, avant d'y monter lui-même. À présent, l'obscurité était complète. Fortunatus tendit une torche enflammée à Manius qui avait pris place sur le siège du cocher, à côté de son frère. Puis, il leur fit des adieux empreints d'angoisse :

— Prenez garde, le précipice est parfois proche du bord du chemin. Que les dieux vous accompagnent.

— Sentez-vous cette odeur, s'inquiéta Mustella. Du soufre… Nicias ! Est-ce toxique ?

Le sol se remit à trembler. Affolé, le cheval se cabra, manquant renverser la voiture. Dans la ferme, les rugissements incessants des fauves montraient leur nervosité. Puis un grondement sourd et lancinant leur fit craindre le pire. La montagne allait-elle exploser de nouveau ?

— Suivez la route sans vous retourner, ordonna le gladiateur. Si les cendres tombent aussi sur Octavianum, continuez en direction de Nola. Nous vous y retrouverons.

Kaeso mit le cheval au pas avec beaucoup de difficulté, tant l'animal était agité. À l'intérieur du chariot, la bâche les protégeait des débris tombés du ciel, mais les vapeurs toxiques commençaient à les prendre à la gorge.

Comme la vieille Tyché toussait, Nicias lui remonta l'encolure de sa tunique sur le nez. Lollia s'empressa de l'imiter. Puis elle plia sa *palla* et enveloppa son visage de plusieurs couches de tissu. Mustella, elle, tendit son châle au médecin :

— Il est assez grand pour que chacun s'y taille un masque, lui dit-elle.

Comme il ne comprenait pas, elle en mordit le bord pour en couper un morceau. Elle la déchira ensuite à deux mains et la partagea en longues bandes.

La voyant faire, Lollia retira la sienne, honteuse. Dire que Mustella pensait d'abord aux autres avant de se protéger elle-même ! Elle se dépêcha d'en faire autant et remonta vers l'avant du chariot.

— Je vais vous préserver des vapeurs toxiques, lança-t-elle aux deux frères.

Kaeso, agacé, refusa. La conduite du cheval prenait toute son énergie. Mais Manius, encombré par la torche, accepta et se laissa attacher le tissu sur le visage. Ses yeux le piquaient, il pleurait. Des larmes chaudes mouillèrent les mains de la jeune fille qui en fut bouleversée.

Kaeso se mit à tousser violemment, sans parvenir à reprendre son souffle !

— Ne bouge pas, lui ordonna-t-elle en lui appliquant la toile de force sur le nez. Si tu t'asphyxies, tu ne reverras jamais ta Sylvia.

Une fois les conducteurs protégés, Lollia retourna s'asseoir au fond du chariot, une main devant son nez.

— Attends, maîtresse, je vais attacher le tien.

Pendant que l'esclave faisait un nœud sur sa nuque, Lollia glissa un œil par la bâche entrouverte. Des flammes montaient dans l'obscurité, le vivarium était en feu…

— C'est la fin du monde ! souffla-t-elle en pensant à son père, perdu sur la route, à sa mère seule dans leur maison, et à leurs amis luttant contre la fournaise.

Depuis combien de temps roulaient-t-ils ? Ils ne le savaient plus. Des crevasses lézardaient le sol, manquant casser roues et essieux. Ils avaient dû s'arrêter à de nombreuses reprises pour éteindre les flammèches qui embrasaient le chariot.

Le chemin de montagne était à peine visible sous la couche de débris, et le précipice tout proche les menaçait d'une mort certaine au moindre écart.

La bâche ne les protégeait plus, tant elle comptait de trous ! Ils se serraient les uns contre les autres, se protégeant la tête de leurs bras croisés.

Le cheval, épuisé, avançait à grand-peine. Ils avaient utilisé ce qui leur restait de tissu pour lui confectionner un masque et Manius avait protégé son dos de la couverture. Mais, si les projectiles qui tombaient du ciel ne lui entamaient plus l'échine, ses jambes étaient écorchées par l'amas de cendres. Que le cheval meure, et ils étaient perdus !

Peu à peu, le terrain se fit plus plat. Ils avaient atteint la vallée, enfin ! L'étrange pluie avait presque cessé, mais cette curieuse nuit les enveloppait toujours. Le soleil avait-il disparu à jamais ? Autour d'eux, des arbres brûlaient, tels d'immenses torches éclairant leur passage. Le soufre leur rongeait les yeux et la gorge, leurs lèvres étaient gercées.

— Des maisons ! s'écria Kaeso avec soulagement.

Manius sauta du chariot pour aller frapper à l'une d'elles. Les cendres chaudes lui arrivaient aux genoux, freinant sa marche.

Un volet s'ouvrit. Une tête enveloppée d'un morceau de toile émergea. C'était un homme, armé d'une fourche.

— Fichez le camp ! leur cria-t-il. Il n'y a pas de place pour vous ici ! Et rien à voler non plus !

— Attends ! Nous sommes à Octavianum ?

— Ce qu'il en reste. Jupiter nous a abandonnés ! La moitié des maisons ne sont plus que ruines. Beaucoup d'habitants ont perdu la vie.

Kaeso et Nicias s'approchèrent à leur tour. Le paysan leva sa fourche d'un air menaçant. Kaeso lui adressa aussitôt un geste d'apaisement :

— Tu n'as rien à craindre de nous. Quelqu'un est-il passé dans une carriole ? Avec une jeune fille ?

Il retint sa respiration. L'homme hésitait. Comment lui en vouloir ? Ils n'avaient pas fière allure avec leurs vêtements déchirés, leurs cheveux hirsutes et leurs visages dissimulés sous des masques sales. Il répondit enfin :

— Tu parles de ce fourbe de Sertor ?

Une bouffée d'excitation bloqua les poumons de Kaeso, tant il fut content d'entendre le nom de son rival !

— Tu le connais ?

— Oui, il a acheté des pâturages dans le coin. Une belle crapule ! Il m'a demandé de quoi boire. Nous n'avions quasiment plus d'eau, mais je lui en ai quand même offert, par compassion. Ensuite, il a exigé que je lui vende le reste. J'ai refusé, bien sûr. Qu'aurais-je donné à boire à ma famille ? Ses sesterces ? En représailles, il m'a frappé ! Et il a volé toute l'eau qui nous restait.

— Quelle direction a-t-il prise ?

— Il possède une bergerie, au nord, sur la route de Nola, à une lieue d'ici. Il doit y être.

— Mais, demanda Manius, désorienté par l'obscurité, c'est où le nord ?

L'homme montra une chaîne de collines qui émergeait de l'ombre, puis le volet se referma brusquement.

Nicias ôta son masque. Il renifla, nez en l'air, comme un chien, et annonça :

— L'air ne sent plus le soufre et me semble respirable.

Les autres l'imitèrent avec soulagement. Puis le médecin déclara :

— La bergerie, je sais où elle se trouve. J'y suis allé à plusieurs reprises.

27

À la bergerie

— La voilà ! s'écria le médecin en pointant du doigt une masure à demi effondrée.

Une étable s'y trouvait accolée, presque intacte. Les oliviers aux alentours avaient brûlé, tendant des branches noires, torturées et nues.

— Le berger semble absent. Pauvre homme ! Il a dû rester bloqué dans la montagne avec son troupeau. Regardez ! ajouta-t-il. Sertor est là. C'est sa carriole.

Puis il se tourna vers les Lentuli et se racla la gorge :

— Je ne peux vous accompagner plus avant… Vous comprendrez qu'il nous est impossible, à Tyché et à moi, de porter la main sur notre maître[1], même s'il se conduit comme le dernier des criminels.

_____

1. Si un esclave tuait, ou tentait d'assassiner son maître,

— Laissez-moi le combattre seul à seul, demanda alors Kaeso. J'ai mon honneur à défendre…

La fougue lui avait passé. Tout comme ses compagnons, il était mort de fatigue. Voilà plus d'un jour qu'il n'avait pas dormi. Sans attendre, il se concentra, cherchant sa dague à sa ceinture. Puis il attrapa son épée.

— Entendu, acquiesça Manius, épaules basses. Je te comprends, même si je ne t'approuve pas. Je resterai derrière toi. Si tu viens à… tomber, je prendrai ta place. Pendant ce temps, les filles délivreront Sylvia.

— N'oubliez pas qu'il a Nigritia, lança Nicias. S'il lui donne l'ordre d'attaquer, fuyez, ou pour vous c'est la fin !

Lollia ébaucha une grimace. Elle soupira et observa la silhouette du Vésuve dans cette nuit de cauchemar. Son sommet pointu avait laissé place à une cuvette, d'où sortaient de curieux éclairs orangés.

En quelques heures, le monde qu'elle connaissait s'était effondré. Qu'était-il advenu de sa maison ? Ses parents étaient sûrement morts. Elle étouffa un sanglot, puis elle déclara d'une voix ferme :

— N'est-ce pas déjà la fin ? Je n'ai plus rien à perdre. Nous sommes quatre. À nous quatre, nous viendrons bien à bout de cet animal et de son dresseur.

---

l'ensemble des serviteurs de la maison était mis à mort. Cette loi très dure visait à empêcher les rébellions.

Elle se mordit les lèvres et regarda sa servante :

— Mustella… Je ne peux te forcer à me suivre.

— Si, maîtresse, soupira la servante en baissant le visage, tu peux m'obliger. Je t'appartiens.

— Non. Ce temps-là aussi est fini. Tu es… mon amie. Reste au chariot avec la vieille femme.

L'esclave releva le nez. Des larmes roulaient sur ses joues, mais elle montrait ses dents écartées dans un beau sourire de gratitude :

— Si je suis ton amie, laisse-moi venir !

Ils s'approchèrent en silence de l'étable. Devant la porte, la carcasse calcinée d'un chien attaché leur souleva le cœur. À l'intérieur, la voix de Sertor ordonnait :

— Oh ! Tout doux ! Cesse donc de gigoter ! Tu n'auras à boire que si tu promets de rester calme.

— Espèce de porc ! s'écria Sylvia. Garde-la ton eau !

— Tant pis pour toi, je te bâillonne. Patience… Bientôt tu auras si soif, que tu me supplieras.

Manius retint son frère dont le visage s'était crispé.

— L'as-tu entendu ? s'indigna Kaeso. Il la traite comme un animal qu'il veut dresser !

Manius ne répondit pas. Après avoir mis un doigt sur ses lèvres pour lui imposer le silence, il leva la main. C'était le signal dont ils avaient convenu. Les deux filles, armées de pierres, retinrent leur souffle.

— Allons-y ! lança Manius en baissant son bras.

Sertor était penché sur Sylvia dont les poignets et les chevilles étaient liés. À leur vue, Nigritia rugit. Par chance, elle était attachée au mur par une chaîne. Sertor, un instant surpris, se jeta au sol et roula jusqu'à ses affaires. Sa manœuvre fut si rapide que les jeunes gens se sentirent pris de court.

— Mais, plastronna-t-il, ce sont mes Lentuli ! Dire que je pensais que Burrus avait réglé votre compte !

Il se releva avec une incroyable souplesse, une épée à la main. Une bouffée d'angoisse envahit Lollia lorsqu'elle se rappela qu'il n'était pas qu'un simple dresseur d'animaux. Il savait sûrement se battre. N'avait-il pas été élevé parmi les lions et les gladiateurs ?

Les yeux de la jeune fille firent rapidement le tour de la pièce pour chercher quelque chose de plus efficace que la pierre qu'elle tenait. Le cheval était attaché dans un coin, fourbu. Sylvia se trouvait à côté, ligotée et bâillonnée. Quant à la panthère, sa chaîne semblait courte et solide.

Elle donna un coup de coude à Mustella et lui montra une fourche plantée non loin d'elles dans le foin. La servante s'en saisit, tandis que Kaeso faisait face à l'affranchi.

— Bats-toi ! lui ordonna-t-il.

— Avec plaisir ! ricana son adversaire.

La seconde suivante, il fondait sur le jeune homme qui para ses assauts avec difficulté. Fortunatus avait raison, Kaeso ne serait jamais un bon combattant.

— Délivrez Sylvia ! cria Manius aux filles.

Elles se précipitèrent pour dénouer ses liens. La corde était épaisse et les nœuds serrés. Les pattes de

Nigritia fendaient l'air, presque à les toucher, toutes griffes dehors.

La panthère ruait au bout de sa chaîne. Mustella tenta de la repousser de la fourche, mais l'esclave finit par terre, tant les coups de la bête étaient puissants ! Par chance, Nigritia se détourna brusquement des filles pour se jeter dans la direction de Kaeso.

Une fois encore la chaîne l'arrêta net dans son élan, à deux doigts du jeune homme. Il ne s'en rendit pas compte. Sertor le malmenait à sa guise, semblant s'amuser. Il mit fin au jeu en le frappant du tranchant de l'arme à la cuisse.

Kaeso s'effondra dans un hurlement de douleur. À l'autre bout de l'étable, le cri de Sylvia lui répondit. Délivrée, elle était déjà debout, prête à arracher les yeux de son bourreau. Les deux filles la retinrent, tandis que Manius se jetait en avant.

Il se défendit avec rage, attaqua avec force, utilisant les quelques ruses que Fortunatus lui avait apprises. Enfin, l'une d'elles trompa son adversaire ! Sertor, tout étonné, venait d'être touché à l'épaule !

— Tu ris moins, à présent ! lâcha Manius d'une voix essoufflée.

Dans son dos, Sylvia avait rejoint Kaeso. Avec Lollia et Mustella, elles le tirèrent à l'écart. Un violent entrechoquement d'armes leur fit lever la tête. Sertor était désarmé ! Il regarda son épée au sol avec incompréhension.

— Tu as perdu, lui lança Manius, épuisé.

— Pas encore…

L'affranchi se jeta sur la chaîne de l'animal qu'il détacha. Ils reculèrent avec effroi. Nigritia, affolée, commença par marcher de long en large, l'échine hérissée. Son maître émit un sifflement qui lui fit dresser les oreilles. Elle l'observa de ses yeux d'or, puis elle fixa les jeunes gens. Un nouveau coup de sifflet, modulé différemment, lui fit lancer un long rugissement.

— Attaque ! ordonna Sertor.

Par chance, elle hésita. Était-ce l'odeur de l'incendie qui la déroutait ? Le stress de cette incroyable journée ?

Les jeunes gens regardèrent la porte. Elle était trop loin. Fuir était impossible ! Kaeso serra Sylvia contre lui. Lollia cacha son visage contre l'épaule de Manius. Tout était perdu !

Les dents de Mustella s'entrechoquaient tant une peur viscérale s'emparait d'elle devant l'animal. Elle laissa tomber sa fourche et glissa une main tremblante vers la bourse pendue à sa ceinture. Elle tâtonna, et sortit enfin la fiole.

— Attaque ! ordonna de nouveau Sertor.

Mustella ouvrit alors le flacon et jeta le contenu à la tête de Sertor.

— Qu'est-ce donc ? cria-t-il avant de pâlir en reniflant le produit au bout de ses doigts.

Ils virent la panthère plisser le nez, les sens en alerte, hésiter sur la direction à prendre. Et enfin, elle obéit.

— Non ! hurla le dresseur.

Dix secondes plus tard, il n'était plus qu'une loque sanglante à la gorge ouverte. Ses yeux gardaient comme une lueur de surprise, et sa bouche était tordue dans un cri muet. Puis la panthère s'assit tranquillement à côté de lui, avant de se lécher les pattes avec application.

— Nicias ! appela Manius. Viens vite !

Le médecin franchit la porte en courant. Jugeant la scène au premier coup d'œil, il avança vers l'animal à pas lents et lui susurra d'une voix douce :

— Paix, Nigritia. Tu me reconnais, n'est-ce pas ? Bonne fille. Approche, ma belle.

Elle vint se coucher à ses pieds, tandis qu'il la grattait entre les oreilles pour la calmer. Puis le médecin la saisit par son collier pour aller l'attacher. Elle se laissa faire comme un chien obéissant.

Les jeunes gens étaient rompus de fatigue et d'émotion. Sylvia se mit à pleurer lovée contre Kaeso, heureuse d'être en vie, en compagnie de celui qu'elle aimait.

Lollia s'approcha de Mustella :

— Tu nous as sauvés. Sans toi nous étions morts.

L'esclave avait encore les jambes qui flageolaient, mais elle déclara, presque en plaisantant :

— Tu me promets chaque matin de me vendre, à cause de mes insolences. Eh bien, tu vois, tu as eu raison de me garder ! Ah çà ! Maintenant, tu vas être obligée de me supporter et de me nourrir jusqu'à la fin de mes jours !

Nicias couvrit rapidement le corps ensanglanté de Sertor de son *pallium*, puis il courut s'occuper du blessé.

Mais la vieille Tyché entra à son tour. Elle s'arrêta net devant le corps de son maître, puis elle se lança, en gesticulant, dans un discours incompréhensible.

— Que dit-elle ? s'inquiéta Manius.

— Des chariots arrivent, traduisit Nicias. Elle a peur qu'on nous attaque, et qu'on vole nos vivres et notre eau.

— Elle a raison. Prenons de quoi nous défendre.

Nicias attrapa l'épée de Sertor, Lollia saisit à deux mains celle de Kaeso et Mustella ramassa la fourche.

— Sylvia, ordonna Manius, reste avec mon frère. Nous, nous allons souhaiter la bienvenue à nos visiteurs.

Deux voitures s'arrêtèrent. Dans l'obscurité, ils aperçurent des ombres en sauter. Avaient-elles des armes ? Ils se serrèrent les uns contre les autres, solidaires, prêts à l'affrontement.

— Lollia ! hurlèrent les voix de Lollius et d'Octavia.

Derrière eux se tenait Fortunatus.

28

Que d'embrassades ! Que de pleurs ! Lollia, boule-versée, passa de bras en bras ! Ils étaient si heureux de se revoir sains et saufs !

Manius, lui, saluait avec effusion les quatre gladia-teurs, tandis que Nicias et Tyché se réjouissaient de retrouver en vie Kémès, leur jeune ami égyptien.

— Pandion ? s'écria joyeusement Mustella en voyant son cousin descendre à son tour de la voiture.

Mais, comme pour les rappeler à l'ordre, la monta-gne émit un grondement et le sol recommença à trem-bler. De nouveau, il plut des cendres et des pierres bouillantes !

Au loin, le sommet du Vésuve cracha un large nuage noir et orange qui sembla dévaler ses pentes en direction de Pompéi.

— À l'abri, vite ! Rentrez les chevaux !

Ils portèrent le cadavre de Sertor dans la maison à demi effondrée du berger, puis ils se réunirent dans l'étable, la seule pièce intacte. Fatigués mais rassurés, maîtres et esclaves firent cercle autour d'une lanterne. Assis dans le foin, ils se partagèrent un pain et se passèrent une gourde emplie d'eau.

Fortunatus, le premier, raconta :

— Le vivarium a pris feu juste après votre départ. Nous avons tenté d'éteindre l'incendie, mais nous étions trop peu nombreux. La situation était telle que nous avons dû abattre les fauves avant qu'ils ne brûlent vivants. Nous ne pouvions les relâcher, au risque de nous faire tuer. Burrus et Carbo en ont profité pour nous fausser compagnie. Tant pis pour eux, ils doivent être morts, à présent. Le chariot du seigneur Lollius est arrivé au moment où nous nous apprêtions à fuir. Nous sommes partis ensemble vers Octavia- num. N'est-ce pas Ursus ?

Mais Ursus, épuisé, s'était endormi. Aquila, un brin de paille à la bouche n'était pas loin d'en faire autant. Lollius, lui, avait perdu de son élégance. Sa tunique déchirée et une barbe sale de trois jours lui donnaient des airs de mendiant.

— Lorsque la montagne a explosé, dit-il, les Pom- péiens qui nous accompagnaient ont décidé de rentrer chez eux pour protéger leurs familles. Sylvius lui- même a préféré faire demi-tour.

Sylvia hocha la tête avant de soupirer, un rien amère :

— À chaque tremblement de terre, les pillards sont à l'affût. Mon père craignait sûrement qu'on lui vole les bijoux de Kaeso, qu'il avait dû laisser à la fabrique. Sa fortune compte plus que moi.

Le jeune homme prit sa main entre les siennes, avec tendresse :

— Pour moi, tu es plus importante que tout.

Lollia retint son souffle. Comment allait-elle expliquer à ses parents qu'elle avait donné ses bijoux aux Lentuli ? Puis elle sourit : ils avaient tous risqué leur vie, et s'en étaient sortis à grand-peine. Qu'importait l'or, la liberté de Sylvia n'avait pas de prix !

Mais son père poursuivit :

— Comme nous savions Lollia et Mustella en danger au vivarium, j'ai ordonné à notre cocher de rentrer à pied. Il fallait que quelqu'un dise à notre intendant d'évacuer les serviteurs et nos biens les plus précieux vers Nuceria. Notre fille aînée, Lollia Maior, y vit.

Son épouse tendit la gourde à Manius et expliqua :

— Une fois le cocher parti, nous avons continué avec quatre vigiles et Pandion.

— Hélas, fit l'esclave public à son tour, mes collègues, eux aussi, craignaient pour leur famille. Ils nous ont abandonnés dès qu'ils ont senti les vapeurs de soufre.

— Mais, demanda Lollia, comment avez-vous su que nous nous trouvions au vivarium ?

Octavia repoussa ses cheveux de la main. Comme les autres, elle avait triste allure avec son chignon défait, son visage noirci et sa *stola* en loques !

— Quand nous avons constaté ta disparition, imagine notre affolement ! J'ai trouvé sur ton lit une tablette de cire expliquant qu'Appius allait enlever ses neveux. Alors je me suis rappelée que tu avais tenté de me mettre en garde contre lui, et j'ai compris que tu disais vrai.

— Naturellement, continua son époux, le banquet a pris fin plus tôt que prévu. Nous nous sommes saisis d'Appius. Il était ivre. Je suppose qu'il fêtait déjà la réussite de ses manigances : ses neveux morts, leur fortune détournée et moi, le futur édile, qui lui mangeait dans la main. J'ai perdu mon calme. Il a reçu quelques gifles et nous a avoué toute l'histoire. Peu après, Pandion nous a appris que vous étiez partis au secours de Sylvia. Comme son père parlait de monter dès l'aube chez Sertor pour la chercher, nous avons décidé de nous joindre à lui.

Octavia se mit à rire, comme si une irrésistible plaisanterie lui venait à l'esprit :

— Ma pauvre Lollia ! Dire que je voulais te faire donner le fouet ! À présent, je te remercie. Sans ta fuite, nous serions peut-être tous morts dans les ruines de Pompéi.

Son époux la coupa d'une voix sourde :

— Souvenez-vous du séisme d'il y a dix-sept ans. Cette panique, les gens affolés qui se ruaient vers les portes de la cité en emportant le peu qu'ils possédaient, leurs enfants hurlants accrochés à leurs tuniques… Les maisons effondrées… Les incendies… C'était horrible ! Ils ont vécu de nouveau cet enfer.

Ces visions de cauchemar provoquèrent un silence empli de malaise. Les plus âgés se souvenaient avec effroi. Oui, leur fuite n'était rien par rapport à ce que les Pompéiens avaient subi depuis l'explosion du Vésuve.

— Ici, ajouta Manius, il y a deux bons pieds[1] de cendres. Alors, j'imagine que Pompéi doit avoir disparu sous dix ou quinze pieds de débris. Les vapeurs toxiques auront tué tous les malheureux qui ne seront pas partis.

— Pourquoi les dieux nous ont-ils abandonnés ? lança Sylvia. Quel crime avons-nous commis ?

Personne n'osa répondre. Octavia cacha son visage dans ses mains. Puis, comme pour éloigner le mauvais sort, elle tenta de nouveau de plaisanter.

— Finalement, dit-elle à Lollia, cette sorcière gauloise, cette Azilis, avait raison. Ton père ne deviendra pas édile l'année prochaine. J'ai eu tort de la punir.

Son époux, tête basse, soupira :

— À présent, je me moque bien des élections ! Ce brave Rufinus, notre intendant, a sûrement sauvé notre argent, nos titres de propriété et les masques de mes ancêtres. Mais la moitié de notre fortune est perdue. Adieu mes beaux bronzes, mes vases grecs, mes meubles d'ébène. Tant pis. J'espère seulement que les serviteurs ont pu s'enfuir à Nuceria.

Nicias se leva tout à coup. Il se dirigea vers les affaires du marchand de fauves restées dans la paille,

---

1. Unité de mesure. Un pied mesure 29,64 cm.

pour en sortir un lourd coffret de bois. Il le rapporta et déclara en l'ouvrant :

— L'or de Sertor, seigneur Lollius. Il avait prévu de l'utiliser pour refaire sa vie. Là où il se trouve, ce criminel n'en aura plus besoin.

— Par Jupiter ! C'est un vrai trésor ! Mais je ne peux l'accepter, il ne m'appartient pas.

— Alors ? demanda le médecin. À qui est-ce ?

Lollius réfléchit, avant d'expliquer doctement :

— Sertor était affranchi, et il n'avait ni femme, ni enfants. Dans ce cas, la loi prévoit que ses biens reviennent à son patron, c'est-à-dire à Appius.

Fortunatus intervint :

— Noble Lollius, à ce propos, qu'est devenu Appius ?

— Il doit être enfermé à la prison du forum… et mort à l'heure qu'il est. Considère que tu appartiens à présent, tout comme cette fortune, à ses neveux.

Le gladiateur tapa sur l'épaule de Manius, un sourire aux lèvres :

— Te voilà mon maître ! Cela tombe bien, j'avais encore plein de choses à t'apprendre. Quant à toi, maître Kaeso, je promets de ne plus jamais te donner d'ordres.

— Tu as eu raison de commander, reconnut le blessé. Cela nous a sûrement sauvé la vie. Excuse-moi.

Nicias alla prendre un autre pain. Tout en le partageant, il demanda avec inquiétude :

— Tyché, Kémès et moi, nous serons revendus, n'est-ce pas ?

— Ne t'inquiète pas, nous vous garderons tous, le rassura Manius. Même Nigritia. Une fois rentré à Rome, je m'occuperai de lui trouver un vivarium.

— Pas un marchand de fauves, supplia Nicias. C'est une bonne bête, gentille et affectueuse. Ce n'est pas de sa faute si Sertor l'a dressée à tuer.

— Tu aurais dû être avocat, pas médecin ! plaisanta Kaeso. Je te promets que nous en pendrons soin.

— Et si nous dormions un peu ? lança Lollius en bâillant. Il nous faudra rejoindre Nola, si nous voulons être vraiment en sécurité.

Manius se leva et gagna la porte :

— Reposez-vous. Je n'ai pas sommeil, je vais faire le guet.

Lollia le rejoignit à l'extérieur. Malgré la fatigue, elle non plus ne parvenait pas à dormir. Trop d'événements l'avaient ébranlée, qu'elle ne pourrait jamais oublier. Elle s'assit près du jeune homme sur un muret à demi éboulé, les pieds dans les cendres.

— Est-ce le jour ou la nuit ? demanda-t-elle.

Manius haussa les épaules :

— Je ne sais pas… Je pense que nous reverrons le soleil lorsque nous nous serons éloignés du Vésuve. Ce sont les poussières qui provoquent cette obscurité.

Après quelques instants de silence, Lollia sentit la main de Manius prendre la sienne. Le cœur battant, elle le laissa faire. À vrai dire, elle n'avait aucune envie de réagir comme une patricienne soucieuse de sa réputation.

Le jeune homme lui souffla :

— Tu vas partir vivre chez ta sœur, à Nuceria ?

— Oui, le temps que mon père règle ses affaires. Nous ne retournerons jamais à Pompéi. Les dieux l'ont sûrement effacée de la surface de la terre en la couvrant de cendres.

— Remercions-les plutôt, nous sommes vivants. Kaeso et moi, nous vous laisserons à Nola. Ensuite, nous prendrons la route de Rome. Nous y avons encore la maison de nos parents. Elle nous y attend.

Lollia sentit son cœur se serrer. Bientôt, elle ne le verrait plus. Après quelques instants d'un pesant silence, Manius reprit d'un ton maladroit :

— Vous devriez vous installer à Rome, vous aussi. Ainsi, j'aurai le plaisir de te revoir souvent. Peut-être… partageras-tu ce… plaisir… avec moi ?

Elle lâcha un rire gêné. Elle se contenta de raconter, d'une voix détachée, en regardant au loin :

— On a justement prédit à ma mère que nous irions habiter Rome.

— J'en serai si content ! Je te ferai visiter la Ville. Notre maison possède un jardin superbe, tu vas l'adorer ! Dans… un an, je prendrai… la toge virile… Ensuite…

Lollia ferma les yeux. Y avait-il un sous-entendu dans ses propos ? Oui, à n'en pas douter. Elle avait envie de chanter, tant elle en était heureuse !

— Ensuite…, reprit-il, je serai adulte et je pourrai…

— Oui ? fit-elle en se moquant de son embarras.

Il se racla la gorge, ne trouvant pas ses mots. Lollia le laissa s'enfoncer. Puis, prise de pitié, elle lui lança gaiement :

— Et toi qui me disais que tu avais tendance à plaisanter dans les moments difficiles !

Il se mit à rire. Et, lâchant sa main, il l'attrapa par le cou pour lui souffler à l'oreille :

— Quelle chance que tu aies refusé d'épouser mon frère !

CE ROMAN VOUS A PLU ?

Donnez votre avis
et retrouvez retrouvez
d'autres lecteurs sur

LECTURE academy.com

Le Livre de Poche s'engage pour
l'environnement en réduisant
l'empreinte carbone de ses livres.
Celle de cet exemplaire est de :
300 g éq. CO$_2$
PAPIER À BASE DE Rendez-vous sur
FIBRES CERTIFIÉES www.livredepoche-durable.fr

« Pour l'éditeur, le principe est d'utiliser des papiers composés de fibres naturelles, renouvelables, recyclables et fabriquées à partir de bois issus de forêts qui adoptent un système d'aménagement durable. En outre, l'éditeur attend de ses fournisseurs de papier qu'ils s'inscrivent dans une démarche de certification environnementale reconnue. »

Édité par la Librairie Générale Française - LPJ
(58 rue Jean Bleuzen, 92170 Vanves)

Composition PCA
Achevé d'imprimer en Espagne par Liberdúplex
Dépôt légal 1re publication août 2013
32.3783.1/08 - ISBN : 978-2-01-323783-3
Loi n° 49-956 du 16 juillet 1949 sur les publications destinées à la jeunesse
Dépôt légal : septembre 2023